The Special Bonbon Chocolat Case

상

冬期限定
ボンボンショコラ
事件

TOUKI GENTEI BONBON CHOCOLAT JIKEN
(THE SPECIAL BONBON CHOCOLAT CASE)
by Honobu YONEZAWA

First published in Japan in 2024 by TOKYO SOGENSHA CO., LTD.
Korean translation rights arranged with TOKYO SOGENSHA CO., LTD.
through Shinwon Agency, Co., Ltd.

요네자와 호노부

The Special Bonbon Chocolat Case

겨울철 한정 봉봉 쇼콜라 사건 상

冬期限定ボンボンショコラ事件

김선영 옮김

엘릭시르

The Special
Bonbon Chocolat
Case

차례

● 현장 주변 약도

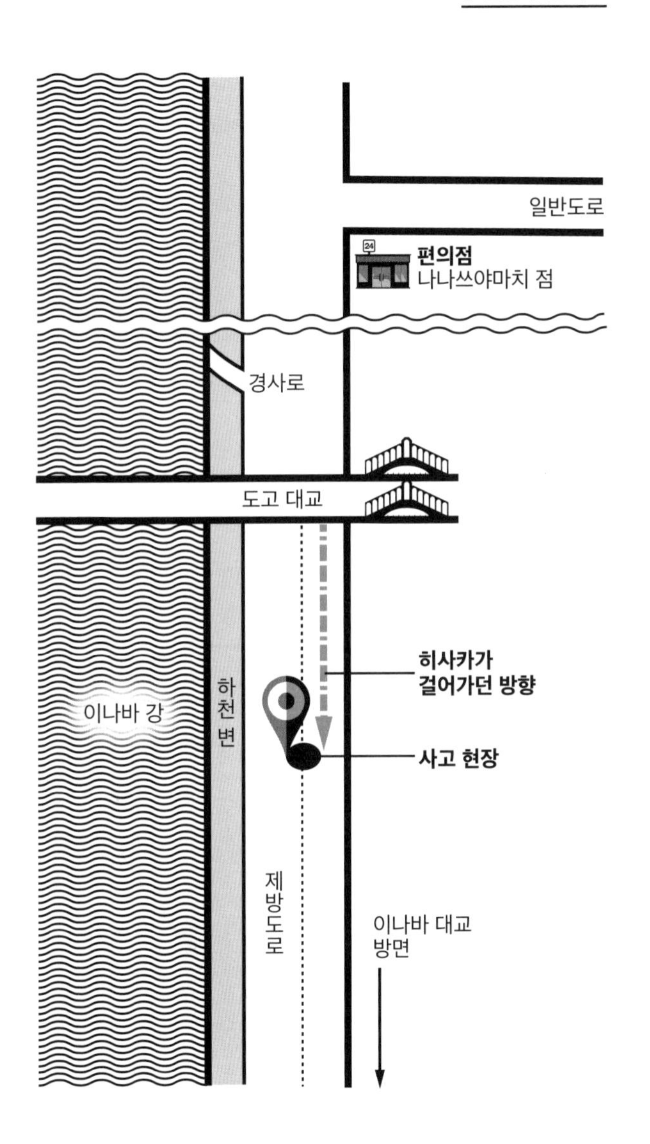
일반도로
편의점
나나쓰야마치 점
경사로
도고 대교
하천 변
이나바 강
히사카가
걸어가던 방향
사고 현장
제방도로
이나바 대교
방면

서장

소시민 하늘을 날다

겨울바람이 강물 위를 훑고 지나가자 강가에서 메마른 참억새가 너울거렸다. 나는 저녁노을이 내려서는 제방도로를 걷고 있었다.

길은 녹아내린 눈 때문에 젖어 있다. 이 동네에서 12월에 눈이 내리는 건 드문 일이다. 어젯밤부터 한차례 내린 눈은 제설차가 길 양옆으로 쓸어냈는데도 인도를 절반쯤 점령하고 있었다. 그래서 어쩔 수 없이 차도 바로 옆을 걸어야 했고, 자동차들은 내 바로 옆을 조심스레 지나갔다. 차도와 인도를 구분 짓는 것은 하얀 선뿐이고, 그 위에는 몇 미터 간격으로 짤막한 플라스틱 안전봉이 꽂혀 있다.

나와 똑같은 후나도 고등학교 교복을 입은 여학생이 내 왼쪽에서 걷고 있다. 앞머리를 가지런히 자른 보브컷에 크림색 귀마개를 하고, 키는 나보다 머리 하나 반 정도 작다. 본인은 자기 키가 자랄 수 있는 한계치를 넘었다고 주장하지만 그 한계치가 대체 몇 센티미터인지 나는 모른다. 오사나이 유키, 나와 마찬가지로 고등학교 3학년이다.

모르는 사람이 보면 우리는 고등학교 입학 전부터 사귀다가 2학년 여름에 헤어지고, 3학년 여름에 다시 사귀기 시작한 셈이다. 하지만 사실 우리 관계는 '교제'라는 한 마디 표현보다 조금 더 복잡하다. 나는 오사나이를 돕고, 오사나이는 나를 돕는다. 그 호혜 관계 때문에 우리는 함께 지낸다.

지금 오사나이는 아무 말도 없이 그저 손에 넣은 것을 소중히 보듬고 있다. 다르게 표현하자면 오사나이는 붕어빵을 먹고 있다. 큼직하고, 팥소가 가득 차 있고, 색은 노릇노릇한, 얇은 종이에 싸인 붕어빵을.

이 붕어빵은 학교에서 도보로 이십 분 정도 떨어진, 강 건너편에 있는 '오구라 암자' 본점 제품이다. 수업이 끝나고 학교 건물 현관에서 합류한 오사나이가 "오늘은 너무 추워서 뼛속까지 얼어붙을 것 같으니, 무사히 돌아가려면 붕어빵이 필요해. '오구라 암자'라면 본점이 최고야"라고 해서 가게까지 함께 갔다.

평소 둘이서 달콤한 디저트 가게에 갈 때도 오사나이는 내게 뭐라도 주문하라고 강요하지 않는다. 그래서 오늘은 오사나이 혼자만 붕어빵을 샀다. '오구라 암자'에 들르는 바람에 지나게 된 제방도로에서 오사나이는 두 손으로 붕어빵을 쥐고 있다. 평소에는 자전거로 통학하지만 눈이 쌓인 오늘은 털부츠를 신고 눈을 밟으며 걸어가고 있다. 달콤한 디저트를 손에 든 오사나이가 행복함과는 거리가 먼 표정을 짓고 있는 이유는 아마도 추위를 견뎌내는 중이기 때문이리라.

그 옆모습을 보면서 나는 몇 가지 생각을 하고 있었다.

우리는 고등학교에 진학할 때 필요에 의해 함께 행동했다. 2학년 여름방학, 더이상 그럴 필요가 없다는 사실을 깨닫고 헤어졌다. 그리고 일 년 동안 각자 다른 '연인'과 시간을 보냈고, 지금 다시 나란히 걷고 있다.

2학년 여름까지 우리는 상대를 편리한 도구 정도로만 여겼다. 사람의 형상을 하고, 사람의 말을 하고, 이따금 재미있는 이야기도 하는 편리한 도구. 그랬는데 지금은 조금 다르다는 생각이 든다. 아마 우리는 서로를, 단순히 편리하기만 한 게 아니라 귀중하기도 한 도구로 재인식한 것이리라.

둘도 없는 존재임을 깨달았다고 바꿔 말할 수도 있다.

적어도 필요하지도 않은데 둘이서 나란히 하교한다는 것은 전에는 찾아볼 수 없던 행동이다. 우리는 분명 조금 변했다. 그건 바람직한 변화였을까? 바람직하다는 게 무엇인지도 알지 못하니 답을 찾을 길은 없지만.

다만 오사나이와 나의 관계가 어떻게 변했든지, 이 인연은 그리 오래가지 않을 것이다. 나도 오사나이도 고등학교 3학년이고, 각자 진학을 원한다. 내 1지망은 나고야에 있는 대학이다. 가까우니까. 오사나이는 아무래도 교토에 있는 대학을 노리고 있는 듯하다. 누가 합격하든 우리는 다른 길을 가게 된다. 둘 다 떨어졌을 때는 함께 이 동네에 남게 되지만…… 아무리 그래도 그런 결말은 절대 사양이다. 그래서 우리가 함께 있을 시간은 이제 얼마 남지 않았다.

또 한 가지, 나는 완전히 다른 생각을 하고 있다. 그 생각을 입에 담았다.

"꽤나 천천히 먹네."

오사나이는 아까부터 붕어빵을 깨지락깨시락 먹고 있다. 모처럼 갓 구운 붕어빵을 샀는데 저런 속도로는 금세 식어버릴 것이다. 오사나이는 달콤한 디저트를 더없이 사랑하고, 그 섭취 속도는 보통 게걸스러울 정도로 빠르지도 않지만 답답할 정도로 느리지도 않다. 그런데 이 붕어빵에 한해서는 먹는 속도가 명백히 느리다. 오사나이는 등지느러미 쪽을 또 작게 한입 깨물더니 나를 올려다보았다.

“응.”

“식을 텐데.”

“그래. 슬프게도.”

“덥석 베어 물 수 없을 정도로 뜨거웠어?”

오사나이의 대답이 조금 늦었다.

“그런 이유가 아니야.”

나는 그 대답에 숨은 뜻을 눈치챘다. 뜨거워서 먹기 불편한 게 아니라면 무슨 이유일까, 고바토. 고바토 조고로라면 알겠지? 오사나이는 그렇게 말하고 있다. 이것은 도발이다.

이런 도발을 희희낙락 받아들일 때도 있었다. 함께 소시민이 되자고 약속해놓고 어째서 사람을 시험하려 드는지 찜찜할 때도 있었다. 지금은 하굣길의 유치한 장난에서 심각한 의미를 찾아내려 하지 않는다.

실제로 오사나이가 붕어빵을 몹시 천천히 먹는 이유가 무엇인지, 이 정도 수수께끼라면 생각할 필요도 없다. 팥소가 너무 뜨거워서 식을 때까지 기다린다는 가능성을 부정당했으니 답은 하나뿐이다.

“손난로 대신 쓰고 있구나.”

추우니까, 오사나이는 따끈따끈한 붕어빵으로 손을 녹이

고 있는 것이다. 식어버리면 매력이 반감되니 뜨거울 때 먹고 싶겠지만 먹어버리면 손끝이 얼어붙는다. 오사나이 나름대로 온기와 맛의 균형을 고려한 결과가 지금의 느릿한 속도인 것이다.

"정답."

오사나이는 나를 힐끔 보더니 그렇게 한마디하고 다시 손에 든 붕어빵을 바라보았다. 물론 이 정도로는 칭찬을 들을 수 없고, 나도 으스댈 생각은 없다. 오사나이도 참 짓궂다 생각하면서도 행복하게 붕어빵을 먹는 모습에 피식 웃음이 나왔다.

우리의 오른쪽에는 눈이 쌓인 널찍한 하천 변이 있고, 왼쪽에는 번잡한 시가지가 펼쳐져 있다. 정면에서 자동차가 다가온다. 바람이 차가워 나는 양손을 주머니 속에 넣고 있었다. 점점 가까워지는 차량 안에 마스크를 쓴 운전자의 모습이 보였다.

……그런데.

지금의 나는 소시민을 꿈꾸며 수수께끼를 풀고 싶어 하는 성격을 대체로 좋게 보지 않지만, 예전에는 영웅을 꿈꾸었던 적도 있었다. 가볍게 누군가를 돕고, 감사 인사는 접어두라며 바람 속으로 사라지는 멋진 존재가 되면 좋겠다는 공상을 했고, 그러기 위해 누군가 곤경에 처하길 내심 바랐던 적도 있었다. 초등학생 때 일이다. ……아니, 중학생이 되어서도 그런 유치한 바람은 아마 마음속 어딘가에 있었다.

어리석었다. 진심으로 그렇게 생각한다. 막상 타인이 위험에 처하면 내게 불똥이 튀지 않기만을 바란다. 상황을 보아하니 내 몸은 지킬 수 없겠지만 그 대신 다른 사람은 어찌어찌 구할 수 있을 것 같다는 사실을 깨달았을 때, 나는 한탄하고 싶은 심정이었다. 어째서 이런 행동을 해야 하는지 억울하기까지 했다. 그래서 나는 내 왼편에서 걷는 오사나이를 어깨로 세게 밀쳤다.

완전히 허를 찔린 오사나이는 그대로 제방도로 경사면으로 떠밀려 한순간 허공에 떴다. 내게 몸통 박치기를 당해 튕겨나갔다는 사실을 바로 이해하지는 못했는지 허공에서 눈을 휘둥그레 뜨고 있다. 그 손에서 붕어빵도 함께 튀어올라 오사나이보다 멀리 날아갔다. 내가 잘못 본 걸지도 모르지만, 오사나이는 자기가 고약한 짓을 당했다는 것을 알고 일이 초가량 나를 노려보았다. 결코 용서하지 않겠다는 의사를 담은, 어둡고 고요한 눈빛이었다.

오사나이에 이어 이번에는 내가 하늘을 날았다. 겨울 하늘에 무겁게 깔린 구름이 시야 한가득 펼쳐졌다.

이게 마지막으로 보는 경치라면 싫은데. 나는 그렇게 생각했다.

(12월 23일 《주니치 신문》 사회면)
12월 22일 오후 4시 30분경, 기라 시에서 보행자가 차에 치이는 뺑소니 사건이 발생해 경찰이 도주한 차량의 행방을 추적하고 있다. 경찰에 따르면 피해자는 시내 학교에 다니는 18세 고등학생으로, 기라 시민 병원으로 이송되었지만 의식을 회복하지 못한 채 중태에 빠져 있다. 당시 현장에는 눈이 쌓여 있었으며, 시내에서는 그 밖에도 사고가 다수 발생했다.

제1부 여우의 깊은 잠
The Special
Bonbon Chocolat
Case

제1장

남기고 간 편지에 따르면 오사나이는

꿈을 꾸었다. 아마 꿈이었을 것이다.

꿈속에서 나는 집중치료실에 있었다. 통증은 없었지만 이대로는 뒷감당이 안 될 것 같아 초조했다. 그런데 몸은 움직이지 않고, 눈도 뜰 수 없다.

여러 사람이 교대로 찾아와 나를 구하려 했다. 수술도 받았다. 슬프게도 내가 아는 수술 기구는 메스와 겸자, 드레인 튜브뿐이라 의사는 계속 그 세 가지 기구만 요구했다.

이윽고 조용해졌다. 낮인지 밤인지도 분간이 가지 않지만 주위에는 아무도 없었다. 나는 계속 눈을 감고 있는데도 실내 상황을 알 수 있었다. 혼자 침대에 누워 있는 내게 누군가가 다가왔다. 나는 그게 오사나이라고 생각했지만 바로 그럴 리 없다고 생각을 고쳤다. 역시 꿈이다보니 상대는 순식간에 오사나이가 아닌 다른 사람으로 바뀌었지만, 그렇다고 누군지는 알 수 없었다.

그 사람은 꼼짝도 하지 못하는 내 귓가에 얼굴을 바짝 대고 이렇게 속삭였다.

"이건 죗값이야."

헛소리!

확실히 내 행실이 바르다고 할 수는 없다. 한때나마 나를 좋아한다고 말해준 사람에게 너도 최악이었다는 말을 듣는, 변변찮은 인간이다. 하지만 그렇다고 해도 이런, 이런 봉변을 당할 만한 짓은 결코 하지 않았다!

그렇게 생각한다.

아마도.

혹시 정말로 죗값인 걸까? 아무 이유도 없이 이런 꼴을 당한다는 게 더 말이 안 된다. 스스로는 눈치채지 못한 치명적인 실수 때문에 목숨을 잃을 뻔했다고 생각하는 게 훨씬 논리적이지 않은가?

잠깐. 목숨을 잃을 뻔했다? 정말로?

이미 잃은 게 아니라?

내가 아직 살아 있다고 판단할 근거가 있을까? 이렇게나 어두운데. 이건 중요한 문제다. 아까 내게 다가온 사람이 오사나이가 아니라고 생각했더니 정말 그렇게 되었다. 다시 말해 이 꿈은 내 마음대로 이루어진다고 여길 수 있다. 그렇다면 고려할 문제는 한 가지뿐이다.

나는 살아 있다. 그렇기 때문에 나는 살아 있다는 결과가 나온다. 그럴 터였다.

누군가가 말했다.

"이건 죗값이야. 달아날 수 없어."

그런가? 아니, 역시 그럴 리 없다. 애초에 무엇에 대한 죗값이란 말인가. 이유를 말해봐라. 말할 수 없다면 그런 억지를 들어주고 있을 필요는 없다. 죗값을 치르느라 이렇게 된 것이 아니다. 봐, 그러니까 목소리가…… 멀쩡한 목소리가 들려오잖아?

낯선 여자의 목소리였다. 이렇게 말하고 있다.

"선생님, 환자가 눈을 떴습니다."

나는 다섯 시간 가까이 의식을 잃고 있었던 모양이다.

젊지만 지친 표정의 의사가 침대에 누워 있는 내게 무뚝뚝하게 설명했다.

"MRI를 찍었는데 뇌내출혈은 없었습니다. 뇌진탕으로 보입니다. 두개골 안쪽의 압력을 측정하면 보다 정확하겠지만, 그렇게 하기엔 위험 부담이 있고 지금 상황에서는 뇌손상을 의심할 만한 명확한 근거가 없으니 한동안 상태를 지켜봅시다. 몽롱할 수 있는데 그건 차츰 좋아질 겁니다."

몽롱하지 않다, 내 의식은 또렷하다……. 그렇게 말하고 싶었지만 아무려면 뭐 어떤가 하는 생각이 들어 반론하지 않았다. 그렇다는 건 역시 조금은 머릿속이 멍한 걸지도 모른다.

"몸의 상처는 가볍다고 할 수 없습니다. 오른쪽 넓적다리뼈 골간부, 즉 정중앙 쪽인데……."

의사가 그렇게 말하며 자기 허벅지를 만졌다.

"여기가 부러졌습니다. 깁스로 고정하고 치유를 기다리는 방법은 굉장히 오래 걸리고 후유증도 흔해서 수술을 권해드립니다. 이건 빨리 할수록 좋은 수술이라 나중에 동의서를 드릴 테니 생각해보세요. 수술할 때까지 다리를 움직이면 안 됩니다. 또 온몸을 세게 부딪쳐서 열이 날 테니 많이 힘들면 해열제를 처방해드리겠습니다. 갈비뼈에 균열 골절도 있는데 이쪽은 상태를 봐서 통증이 너무 심하면 압박 고정을 하겠지만 기본적으로 수술은 필요 없을 겁니다."

통증은 별로 없는 것 같았는데 의사가 내 마음을 읽은 듯이 덧붙였다.

“지금은 진통제 효과 때문에 통증을 별로 못 느낄 겁니다.”

진통제를 맞은 기억은 없었다. 그렇다는 건 나중에 다시 아파질 모양이다. 싫다는 생각밖에 들지 않는다.

실제로 의사는 내게만 설명한 게 아니다. 부모님도 함께 있었다. 아버지가 완치까지 얼마나 걸리는지 물었다. 의사가 대답했다.

“퇴원까지 길면 두 달이라고 생각하세요. 퇴원 후에도 재활 훈련은 계속해야 합니다. 그후에는 개인차가 커서 뭐라고 말씀드리기 어렵지만 어디까지나 일반적인 사례로 말씀드리면 목발 없이 걸을 수 있을 때까지 길면 반년 정도 걸릴 겁니다.”

다음달이 대학 입학시험인데……. 그런 생각을 하고 있었더니 어머니가 대학 입시는 치를 수 있는지 물어보았다. 의사가 단호하게 대답했다.

“어렵다고 생각하십시오. 애벌뼈 형성이 불완전한 상태에서 외출하면 다시 골절되거나 심각한 후유증이 남을 우려가 있습니다.”

즉, 이런 뜻이다.

내 수험은 끝났다. 아직 시작하지도 않았는데.

부모님은 날 위해 1인실을 잡아주었다. 가족과 의사가 떠나고 혼자 남았다. 입원실은 다다미 여섯 장 정도 되는 면적이었지만 그래봤자 나는 침대에서 내려가지도 못한다. 벽은 크림색이고 창에 베이지색 커튼이 걸렸다. 내 팔에는 링거가 꽂혀 있다. 하얀 천장과 수액 팩을 올려다보며 내가 겪은 일을 정리해보았다.

나는 이나바 강을 오른편에 두고서 제방도로를 따라 하류 쪽으로 걸어가던 도중 차에 치였다.

제방은 국내에서도 손꼽힐 정도로 물살이 험한 이나바 강의 범람을 막기 위해 양쪽 물가에 만든 것이다. 높이는 위치에 따라 다른데 가장 높은 곳은 삼 층 건물보다 높다. 제방 폭도 엄청나게 넓어서 20미터 내지 30미터는 된다. 그런 제방이 강을 따라 몇십 킬로미터나 이어진다.

그 옆에 있는 시가지 쪽에서 보면 제방은 가파른 오르막으로 몇 미터쯤 올라가다가 일단 편평해진다. 거기서 다시 가파른 오르막이 이어지다가 편평한 꼭대기가 나온다. 꼭대기는 도로다. 그 도로를 넘으면 이번에는 가파른 내리막, 편평한 장소, 다시 내리막으로 이어지고 그 끝은 하천 변이다. 다시 말해 제방의 단면은 볼록할 철凸 자와 비슷하다.

전문 용어로 말하면 꼭대기의 편평한 장소를 둑마루, 둑마루 양옆에 있는 한 단 낮은 편평한 곳을 측단이라고 한다. 측단의 폭은 3미터 정도일까.

오늘 우리는 하굣길에 붕어빵 가게 '오구라 암자'에 들른 탓에 이나바 강가 제방도로를 지나 돌아왔다. 강 양쪽의 제방을 연결하는 도고 대교에서 철제 꺾인계단을 통해 제방도로로 내려갔다.

이나바 강 제방의 둑마루는 자동차 전용인 이차선 도로라, 일반적으로 보행자는 통행할 수 없다. 다만 도고 대교에서부터 하류 방향으로 시가지 쪽에만 있는 차도의 1.5미터 정도를 인도로 쓴다. 이 인도와 차도는 하얀 선과 몇 미터 간격으로 설치된 플라스틱 안전봉으로 구분되어 있을 뿐이다.

인도는 도고 대교에서 다음 다리까지 1킬로미터쯤 이어진다. 우리는 집으로 돌아가려고 그 길을 걷고 있었다.

……그때, 노을이 저물어가는 길에서 나는 우리 쪽으로 달려오는 자동차가 중앙선을 넘은 것을 알아챘다.

나는 그대로라면 우리를 칠 법한 코스로 차가 달려오는 것을 알고 피하려 했다. 하지만 피할 수 있는 장소는 제설 작업으로 치운 눈이 쌓여 있는 왼쪽밖에 없었고, 더군다나 내 왼편에는 붕어빵을 먹고 있는 오사나이가 있었다.

오사나이의 관찰력은 대단히 뛰어나지만 누구라도 항상 주위를 관찰할 수는 없다. 나는 오사나이가 자동차의 접근을 전혀 눈치채지 못하고 있음을 알아차렸다.

물론 최선책은 오사나이에게 경고하고 둘이 함께 피하는 것이었다. 둘 다 측단으로 굴러떨어졌을지도 모르지만 차에 치이는 것보다는 훨씬 낫다. 하지만 그럴 만한 여유가 없었다. 실제로 양손을 주머니에서 뺄 틈조차 없었다. 내가 할 수 있었던 건 오사나이에게 몸통 박치기를 하는 것뿐이었다.

……아마도, 아마도 내게 오사나이를 구하려는 생각은 분명 없었을 것이다. 그저 내가 피할 수 있는 유일한 방향에 오사나이가 있었고, 오사나이를 밀어내는 것 외에 할 수 있는 일이 없었던 것뿐이다.

나를 친 자동차 운전자는 나를 구조하지 않고 달아난 모양이다.

즉, 뺑소니다.

사고 순간은 잘 기억나지 않는다. 다만 조금씩 기억나는 것도 있다. 나는 분명 오사나이를 충돌 코스에서 밀어냈다. 그 제방에서 거꾸로 지면에 떨어지면 무사할 수 없다. 하지만 오사나이는 측단으로 이어지는 경사면에 떨어졌을 테니, 그리 크게 다치지는 않았을 것이다. 그러길 바란다. 내가 떠민 탓에 오사나이가 목이라도 부러졌다면 정말 끔찍한 일이다.

갑자기 온몸에 식은땀이 났다.

오사나이의 목이 부러지지 않았다고 생각할 근거는 어디에도 없지 않나?

정말 무사한 걸까? 오사나이가 나 때문에 크게 다치지 않았다고 믿어도 되는 걸까? 어떻게 하면 그걸 확인할 수 있을까? 어딘가에 간호사 호출 버튼이 있을 텐데, 그 사용법도 들었을 터인데 전혀 기억나지 않는다. 아까 증상에 대해 설명을 들을 때에는 의식이 있었는데 오사나이의 안부는 떠오르지도 않았다. 역시 의사가 말한 대로 나는 몽롱한 상태였던 것이다. 사람을 부르려고 입을 열었다.

"저기……."

깜짝 놀랄 정도로 가느다란 목소리가 나왔다. 이 병실 안에 누군가 있었어도 내 목소리를 듣지 못했을 것 같다. 역시나 아무도 오지 않았다. 큰 소리를 내려고 숨을 들이마시자 가슴에 날카로운 통증이 치달았다. 본능적으로 겁이 나서 삼킨 숨을 천천히 내뱉었다.

아프다. 아파. 가슴이, 다리가, 머리가 아프다. 아프다…….

때문에 마침내 이해했다.

나는 죽을 뻔했던 것이다.

다시 눈을 떴을 때는 밖이 환했다. 그래서 겨우 아까까지는 밤이었다는 것을 눈치챘다. 통증은 조금 가셨다. 왼팔에 꽂힌 링거에 진통제를 투여했는지도 모른다. 커튼의 작은 틈새로 맑은 겨울 하늘이 보였다. 문이 열리더니 간호사가 과하지 않게 밝은 목소리로 말했다.

"안녕하세요."

길쭉하니 시원스러운 눈매가 인상적인 간호사였다. 저런 헤어스타일을 베리 쇼트라고 하던가, 머리카락이 굉장히 짧아서 귀 위쪽은 아예 스포츠형이었다. 키는 보통인 것 같은데 자세가 조금 굽어서 몸이 작아 보였다.

간호사가 커튼을 열며 말했다.

"말씀 들으셨겠지만 아침 식사는 없습니다."

말씀을 듣지 못했다. 식욕은 없지만 밥을 못 먹는다니 너무하다.

"어, 그래요?"

간호사가 나를 힐끔 내려다보았다.

"전신마취 수술이라서요. 위에 음식물이 있으면 역류해서 기도나 폐로 들어갈 우려가 있기 때문에 금식해야 합니다."

그 말을 듣고 보니 설명을 들었던 것 같다. 들었지만 잊고 있었던 모양이다.

"알겠습니다. 그리고 죄송한데."

"무슨 일이죠?"

"커튼을 닫아주시겠어요?"

"알겠습니다."

간호사는 창밖을 살짝 보고 방금 걷었던 커튼을 닫아주었다. 닫힌 커튼 사이에 남은 작은 틈새로 비쳐든 햇빛이 하필 눈에 닿았다. 그것을 보았는지, 간호사는 다시 한번 꼼꼼하게 틈이 벌어지지 않도록 커튼을 닫아주었다.

그후로는 하는 일 없이 약으로 억눌러놓은 묵직한 통증을 견뎌내며 대퇴부 수술을 기다릴 뿐이었다. 어차피 어제는 기절해 있었으니, 그사이에 해치워줬으면 편했을 텐데……. 하지만 뇌손상 우려가 있는데 다리만 먼저 수술하다니, 생각해보면 말도 안 되는 소리다. 마취를 해버리면 의식 회복 여부도 알 수 없다.

이윽고 수술 시간이 다가왔다. 사전에 간호사가 "이동중에는 눈을 감고 계세요"라고 해서 침대 위에서 눈을 감은 채로 실려갔다. 간호사와 의사들의 목소리가 여럿 들렸다. 그렇군, 확실히 눈을 감으니 불안을 가라앉히는 효과가 있는 것 같았다.

점심때쯤 전신마취가 풀렸다. 진통제 덕분인지 통증은 거의 없었지만 넓적다리에 느껴지는 딱딱한 위화감이 마음에 걸렸다. 철심으로 부러진 뼈를 이어 고정했다는 설명은 들었지만 이 정도로 노골적이게 뭔가가 들어 있는 느낌이 들 줄은 몰랐다. 조만간 익숙해질까? 통증은 거의 없지만 너무 몸이 무거웠다.

누군가의 목소리가 들린 것 같아 눈을 떴다. 그렇다는 건 자고 있었던 모양이다.

커튼을 투과하는 바깥 햇빛은 오렌지색으로, 그게 아침노을인지 저녁노을인지 분간이 가지 않았다. 내 휴대전화는 사고 당시 충격으로 망가져서 시간을 확인할 방법이 없다. 휴대전화는 오른쪽 주머니에 들어 있었는데 오른쪽 넓적다리뼈가 부러진 것도 그렇고, 차는 내 몸의 오른쪽을 들이받은 것 같았다.

"몇 시지."

그렇게 중얼거렸더니 뜻밖에도 대답이 돌아왔다.

"4시가 넘었어."

아는 목소리다. 고개를 돌리자 병실 출입구 근처에 후나도 고등학교 교복을 입은 남학생이 서 있었다. 큰 키에 어깨는

떡 벌어졌고, 생김새도 몸집도 어딘가 각이 졌다. 도지마 겐고다. 손에 과일이 담긴 등나무 바구니를 들고 있다.

겐고가 말했다.

"내가 깨웠어? 미안."

무슨 일로 왔느냐고 말하려다가 문병이라는 것을 깨달았다. 설마 겐고가 내 문병을 올 줄은 몰랐기 때문에 깨닫는 게 조금 늦었다.

겐고는 바구니에서 봉지에 든 사과를 꺼내 침대 옆 테이블에 내려놓았다.

"문병 왔어."

"고마워."

"……끔찍한 사고였다며."

"그래. 끔찍한 사고였어."

겐고는 나를 똑바로 보려 하지 않았다.

"의식불명이었다고 하던데."

"그랬었나 봐. 지금은 살아 있어."

내가 살아 있다는 사실을 정보로서 타인에게 전하는 날이 올 줄은 꿈에도 몰랐다. 나는 피식 웃었다가 겨우 위화감을 알아차렸다.

"……내가 의식불명이었다는 건 누구한테 들었어?"

겐고가 얼굴을 찌푸렸다.

"갑자기 그런 게 궁금한 걸 보니 평소대로 돌아왔나 보네."

"내 소문이니까 아무래도 신경 쓰이지."

작은 한숨을 내뱉은 겐고가 어째선지 피식 웃더니 겨우 나를 보았다.

"변함없어서 다행이야. 의식불명의 중태라는 말은 오늘 아침 신문에 나왔어."

세상에, 모르는 사이에 신문에 실리고 말았다니. 하지만 아직 의문은 풀리지 않았다.

"중태의 환자를 실명으로 보도하나?"

겐고는 전 신문부 부장답게 신중하게 대답했다.

"경우에 따라 다르지만 일반적으로 이름은 내지 않아. 너도 18세 고등학생이라고만 적혀 있었어."

"18세 고등학생이 차에 치였다는 기사만 보고 나라고 생각했다?"

"너, 중상을 입은 환자라면서 조금 더 유순하게 굴면 어디 덧나냐? 물론 너라고 생각한 이유가 있지. 우리 반 요시구치 알지?"

알다마다. 우리하고 같은 3학년으로 겉보기에는 특별히 눈에 띄는 구석이 없는 여학생인데, 묘하게 남의 소문에 밝다.

나도 전에 당시 사귀고 있던 여자친구에 대한 소문을 요시구치에게 들은 적이 있다. 돌이켜보니 요시구치와 내가 서로 알게 된 계기를 만든 게 바로 도지마 겐고 아니었던가?

"어제 요시구치도 학교에서 돌아가는 길에 구급차를 봤다나 봐. 그래서 별생각 없이 구급차를 따라가봤더니 오사나이가 있었대."

바로 물었다.

"오사나이는 안 다쳤대?"

그걸 물을 줄은 몰랐는지 겐고는 조금 당황하는 기색이었다.

"아무 말도 못 들었는데. 오사나이도 위험했어?"

"함께 걷고 있었어."

겐고는 이해했다는 듯 고개를 한 번 끄덕였다.

"그래서 그랬군. 요시구치 말로는 오사나이가 구급대원에게 환자가 고바토 조고로라고 말하는 걸 들었다는 거야. 너무 냉정해서 오사나이가 너를 찌르기라도 한 게 아닌가 의심했다나. 그러니까 아마…… 오사나이는 괜찮지 않았을까?"

나는 힘없이 웃었다. 요시구치의 오해도 우스웠고, 사고 현장에서 오사나이가 그녀답게 행동했다는 데 안도했다. 겐고는 그런 나를 미심쩍게 쳐다보며 뒷말을 이었다.

"곧 경찰도 와서 소란스러워졌다며 현장에서 벗어난 뒤에 내게 전화했어. 고바토가 구급차로 실려갔는데 뭐 아는 거 없느냐고. 나는 아무것도 몰랐지만 오늘 아침 신문을 보고 이거였구나 싶어서 너희 집에 연락해 병원을 알려달라고 했지."

"그래서 문병을 와준 거야?"

"상태만 물어보고 모른 체 시치미 떼는 것도 이상하잖아."

겐고가 이런 식으로 계면쩍어할 줄은 몰랐다. 현재 리클라이닝 침대의 도움 없이는 상체를 일으키지 못하는 나는 대신 턱을 집어넣어 고개를 살짝 숙였다.

"고마워. 기뻐."

겐고는 상한 음식이라도 먹은 듯한 표정을 지었다.

"뭐야, 왜 이리 고분고분해?"

"머리를 부딪쳐서."

겐고는 눈썹을 찌푸렸지만 겨우 농담인 줄 알았는지 소리 내어 웃었다. 겐고의 이런 웃음소리는 처음 들어보는 것 같다.

한바탕 웃더니 겐고는 고개를 젖히고 긴 한숨을 쉬었다. 숨을 끝까지 토해낸 겐고는 이미 평소의 우악스러운 표정으로 돌아와 있었다.

"……빵소니였다면서?"

"그런가 봐. 부모님한테 들었어."

"뭐, 분명 체포될 거야. 마음 편히 잠이나 자."

"어차피 할 수 있는 게 자는 것뿐이야."

"입시는 치를 수 있지?"

어이쿠.

흠, 어떤 분위기로 말해야 할까? 너무 밝게 말해도 애처로워 보일 테고, 침통하게 말해도 겐고가 대꾸하기 난처할 것이다.

전달 방식을 고민하는 그 잠깐 사이에 겐고는 답을 눈치챈 것 같았다.

"못 봐?"

"못 본다고 해야 하나…… 넓적다리뼈가 부러져서. 철심으로 고정했는데 애벌뼈가 형성될 때까지 꼼짝할 수 없어. 뭐, 요컨대 시험은 못 보는 거지."

할 말을 잃은 겐고가 고개를 숙였다가 짤막하게 대꾸했다.

"그렇군."

안타깝게 여기는 마음은 이해하지만 나는 사고를 전환했다. 분명 입시 준비가 헛수고가 된 것은 분하고, 입시 요강을 바꿀 수 없다면 일 년이라는 손실은 안타깝기 그지없었다. 하지만 나는 살아 있다. 그것만으로도 솔직히 만점이라고 생각한다.

겐고가 화제를 바꾸었다.

"제방도로에서 치였다면서? 거긴 나도 지나다니는 길인데 의외로 무서워. 하얀 실선이 그려져 있고 플라스틱 막대가 꽂힌 게 전부 아니야, 거기?"

"맞아."

"인도와 차도 경계에 뭔가 블록이라도 설치해두면 좋을 텐데. 하지만 내 기억으로는 제방 위에는 법률상 아무것도 설치하지 못할 거야. 인도가 있는 것 자체가 특별한 거지."

"그래?"

"전에도 거기서 사고가 났었다는 이야기를 들은 적 있어. 중학생 때였나."

아마도 겐고는 그 길이 위험하다는 사실을 강조해서 사고당한 내게 동정을 표하려는 것이리라. 하지만 나는 겐고의 의도와는 전혀 다른 부분에서 큰 충격을 받았다.

그렇다. 내가 사고를 당한 그 길에서, 전에도 한 사람이 차에 치였다. 나는 그 사고를 몹시 잘 알고 있는데 지금 겐고가 언급할 때까지 전혀 기억하지 못했다.

내 침묵을 알아차리지 못한 겐고가 계속 말했다.

"뭐, 그냥 뜬소문일지도 몰라. 나도 직접 본 건 아니니까."

"……뜬소문이 아니야. 사실이야."

조금 딱딱한 목소리가 나왔다.

그렇다, 어째서 알아차리지 못했을까? 내가 당한 사고는 삼 년 전 사고와 굉장히 흡사하다. 정말로, 굉장히 흡사하다.

당연히 겐고가 물었다.

"알아?"

나는 건성으로 대답했다.

"알아. 그것도 뺑소니였어. 차에 치인 사람은 중학교 3학년…… 우리 반 학생이었어."

"분명…… 모토사카였나, 그런 이름이라고 들었던 것 같은데."

피식 웃음이 났다.

"이래서 와전이 무섭다니까. 히사카야. 히사카 쇼타로."

"히사카라고?"

오늘 겐고는 여러 차례 나를 깜짝 놀라게 했다. 아무리 봐도 히사카라는 이름을 처음 듣는 반응이 아니었다. 나는 벌떡 몸을 일으키려다가 통증에 신음하고 침대에 다시 쓰러져 호흡을 가다듬으며 흥분을 가라앉혔다. 아까 들었던 말을 이번에는 내가 했다.

"알아?"

겐고는 켕기는 구석이라도 있는 듯 시선을 피했다.

"신문부에서 살짝 들은 것뿐이라 안다고 할 정도는 아니야."

"누구에게 들었는지 기억 안 나?"

내 기세에 눌리면서도 겐고는 대답해주었다.

"미카사 하야토라고 알아? 우리가 2학년이었을 때 학교에서 유일하게 현県 대회까지 나간 선배인데."

나는 고개를 가로저었다. 겐고는 한숨을 쉬었다.

"교내 신문에 실었는데 말이야……. 미카사 선배는 배드민턴부인데, 지역 예선을 통과했을 때 신문부에서 인터뷰를 했거든. 그때 선배가 중학생 시절에는 후배 중에 라이벌이 있어서 한 번도 이겨본 적이 없다고 했어."

"그 라이벌이라는 게 히사카?"

"그래."

겐고가 취재한 상대의 중학 시절 라이벌. 아무리 그래도 너무 가느다란 인연이다. 히사카와 연락을 취해달라고 부탁하기는 어려울 것 같다.

겐고가 물었다.

"히사카 쇼타로가 왜?"

나는 별로 고민하지 않고 대답했다.

"그냥. 조금…… 사과하고 싶어서."

"사과? 네가?"

말없이 고개를 끄덕이자 겐고의 표정이 진지해졌다.

"그래. 사정은 묻지 않겠다만 미련이 남긴 하겠네."

나는 겐고를 뚫어져라 쳐다보았다. 이상한 표현을 한다.

"미련?"

"아니야?"

어딘가 찜찜한 태도다. 생각해보니 취재중에 이름을 들은 게 전부라면서 아까 히사카의 이름이 나오자마자 겐고가 그렇게 놀란 것은 이상하다. 일부러 숨기는 건 아니겠지만 뭔가 위화감이 있다.

나는 몽롱한 머리로 겐고의 눈치를 살폈다.

"난 중학교 졸업한 뒤로 히사카를 만난 적이 없어."

겐고 역시 위화감을 눈치챘는지 그제야 알겠다는 듯 고개를 끄덕였다.

미련이라는 표현으로 짐작하건대 설령 히사카에게 사과하고 싶어도 사과할 수 없는 상황인 듯했다. 떠오르는 대로 물었다.

"히사카는 지금 유학이라도 간 거야?"

해 질 무렵에 가까운 병실에서 찰나의 순간, 겐고의 눈에 분노가 깃들었다. 내가 악질적인 농담을 했다고 생각한 것이다. 나는 장난을 친 게 아니었다. 겐고도 바로 눈치챘는지 자기 오해를 후회하듯 짧은 한숨을 쉬었다.

"……아니. 자살했다더라."

이번에는 내가 화를 낼 차례였다. 농담도 정도껏 해야지.

"거짓말하지 마."

"그럴지도 몰라."

겐고는 순순히 인정하더니 우물거렸다.

"나도 그렇게 들었을 뿐이야. 이유는 몰라. 정확한 질문은 잊어버렸지만 미카사 선배에게 '고등학교에 들어온 뒤로 설욕전은 했습니까?'라는 식으로 물었어. 지금 생각해보니 선배는 히사카의 이름을 꺼낸 걸 후회했던 것 같아. '그러고 싶었어'라고 말하더니 입을 다물고는, 내가 아무 말 않고 기다리니까 '자살했다고 들었어'라고 덧붙였어."

"자살 시도가 반드시 성공한다는 보장은 없잖아. 히사카는 살아 있겠지?"

"미안하지만 나는 몰라. 당연하잖아, 그런 걸 어떻게 물어?"

……지당한 말이다. 겐고가 물어볼 수 있을 리 없고, 물어보지 못했다면 결말을 알 리도 없다.

나는 애원하듯 말했다.

"겐고, 좀 알아봐줄 수 없을까? 히사카가 정말, 그…… 죽었는지."

사람 좋은 겐고는 괴로운 기색으로 신음했다.

"나도 들어주고 싶지만 미카사 선배는 이미 졸업했어. 게다가…… 미안, 조고로. 나도 수험생이야."

그런가. 당연히 그렇다. 내 대학 입시가 끝났다고 해서 겐고의 입시까지 끝난 것은 아니다. 정신이 없었다.

"그랬지. 미안, 잊어줘."

내가 힘없이 손을 젓자 겐고가 성실하게 고개를 숙였다.

"미안."

사과할 사람은 나인데.

겐고가 병실에서 나가자 커튼 너머 경치가 밤이라는 것을 깨달았다. 차광 커튼이 아니라서 이 병실은 아침과 함께 빛으로 가득 차고, 밤이 오면 어두워진다.

누군가 문을 두드렸다. 저녁 식사인가 싶어 "들어오세요"라고 대답했다.

덩치 큰 남자 두 명이 병실에 들어왔다. 내가 침대에 누운 채 올려다보고 있음을 감안하더라도 묵직하다는 표현이 어울릴 정도로 몸집이 컸다. 이 두 사람에 비하면 도지마 겐고도 성장기로 보일 것 같다. 한 명은 운동복을 입었고, 다른 한 명은 재킷을 걸쳤다. 재킷 남자가 말했다.

"큰일을 겪었군요. 빠른 회복을 기원합니다. 저는 기라 경찰서 교통과 소속 가쓰키라고 합니다. 휴식중에 미안하지만 몇 가지 물어봐도 되겠습니까?"

말씨는 상냥하지만 거절을 용납하지 않는 힘이 있었다.

나를 친 차량이 달아났다는 말을 들었을 때 당연히 경찰이 올 거라고 생각은 했다. 오히려 생각보다 늦게 온 편이다. 아마 경찰은 사건 발생 직후 내게 이야기를 들으려 했겠지만 하필 나는 혼수상태였고, 그후에도 다리 수술 때문에 전신마취를 했으니 경찰도 대화할 기회가 없었으리라. 그렇지만 겐고가 경찰보다 먼저 와주었다니 조금 재미있다.

나는 대답했다.

"예."

"그럼 먼저 이름, 나이, 직업, 주소를 알려주십시오."

"고바토 조고로. 이름 한자는 항상 상常, 깨달을 오悟에, 밝을 랑朗 자를 씁니다. 열여덟 살, 후나도 고등학교 3학년입니다. ……그리고, 뭐라고 하셨죠?"

"주소도 부탁합니다."

현주소는 기라 시민 병원입니다, 라고 익살스러운 농담을 하고 싶은 충동에 사로잡혔지만 아무래도 웃어줄 것 같지 않아서 순순히 주소를 읊었다. 가쓰키 씨가 수첩에 펜으로 메모했다.

"사고 일시는?"

"12월 22일…… 오후 4시 반쯤이었던 것 같습니다."

"조금 더 정확하게 말씀해주실 수 있을까요?"

그렇게 물어도 하늘을 날면서 시계를 볼 수 있을 리 있나.

"사고 이후로 의식이 없었기 때문에 잘 모르겠습니다."

"대강이라도 상관없습니다."

"대강 4시 반쯤이었습니다."

"4시 반 이전이었습니까, 이후였습니까?"

이것도 일이겠지만, 답을 알 길이 없는 질문을 들으면 대답할 방도가 없다. 이래서야 서로 난처할 뿐이다. 나는 물어보았다.

"죄송합니다. 응급구조 신고가 몇 시에 접수되었는지 아시나요?"

사정 청취중에 질문을 받는 경우는 드문지 가쓰키 씨가 순간 주저했다.

"……기록으로는 16시 37분으로 되어 있습니다."

"알겠습니다."

지금 대화가 그대로 질문에 대한 답이 되었을 텐데, 가쓰키 씨가 펜을 든 손을 움직이지 않아 어쩔 수 없이 새로 말했다.

"사고를 당한 건 대강 16시 35분쯤이었습니다."

잔머리나 굴리는 녀석으로 보였을 텐데, 역시 프로라 그런지 가쓰키 씨는 표정에 변화가 없었다.

그후로 나는 사고에 대한 갖가지 질문을 받았다. 동행인에 대한 질문도 받았는데, 오사나이 이야기를 해도 될지 망설였지만 아무리 생각해봐도 신고자인 오사나이를 경찰이 파악해두지 않았을 리 없어서 순순히 말하기로 했다. 팀을 이룬 두 경찰관 중 이름을 말하지 않은 쪽은 가쓰키 씨보다 젊었는데 선 채로 왼손에 노트북을 얹고 내가 질문에 대답하면 오른손 하나만으로 능숙하게 키보드를 두드렸다. 병실에는 우리의 대화 소리와 키보드를 두드리는 소리가 계속 울렸다.

사정 청취는 그리 길게 느껴지지 않았다. 가쓰키 씨가 마지막으로 물었다.

"범인이 무거운 처벌을 받기를 바랍니까?"

순간 아무리 피해자 입장이라지만 내가 형벌의 무게를 좌우하는 건 법률 운용 측면에서 문제가 있지 않나 싶었다. 법률은 개인의 복수심을 위해 존재하는 게 아니라는 생각도 들었다.

하지만 동시에 이런 생각도 했다.

무서웠다.

지금도 무섭다.

약으로 억제하고 있지만 묵직한 통증은 계속되고 있고, 사람들이 병실에서 나가면 죽음이라는 단어에 짓눌려 정신이 멈춰버리는 기분이 든다. 대학 입시도 치를 수 없게 되었고, 무엇보다도 다리를 원래대로 움직일 수 있을지도 알 수 없다. 나를 친 범인에 대한 감정을 표현한다면, 스스로도 의외였지만 원망스럽다는 말은 부적절했다. 딱히 원망하지는 않지만, 범인도 나와 똑같이 차에 치였으면 좋겠다. 아니면 아무 말 없이 이 세상에서 사라졌으면 좋겠다. 둘 다 도저히 불가능하다면 적어도…… 타협에 타협을 거듭해, 하다못해…… 법률이 허용하는 한에서 가장 무거운 벌을 받길 원한다.

그런 생각이 잠깐 사이에 머릿속을 스쳐 지나갔다. 이윽고 목소리를 타고 나온 말은, 짧았다.

"예."

젊은 경찰관이 키보드를 두드렸다.

편리하게도 두 사람은 휴대용 프린터를 가지고 있었다. 밀대처럼 생긴 기계에 용지를 끼우자 그 자리에서 인쇄가 시작되었다. 이런 물건도 다 있구나, 생각하며 바라보고 있으려니 가쓰키 씨가 내게 인쇄물을 건넸다.

"잘못된 부분은 없는지 확인하세요."

그것은 이런 서류였다.

성명: 고바토 조고로

직업: 고등학생

위의 사람은 12월 23일 기라 시민 병원에서, 본 경찰관에게 임의로 다음과 같이 진술했다.

1

저는 12월 22일 오후 4시 35분경, 기라 시 야부이리 정 2가 이나바 강변 제방도로 인도를 남쪽으로 걷고 있을 때 정면에서 다가온 차량에 치이는 뺑소니 사고를 당했으므로, 제가 아는 범위에서 상황을 설명하겠습니다.

2

이 사고는 후나도 고등학교에서 수업을 듣고 돌아가는 길에 생긴 일이었습니다. 6교시까지 수업을 받고, 오후 3시 25분에 끝났습니다. 이후 청소와 짧은 종례가 있었고, 오후 3시 50분쯤 친구 오사나이 유키와 둘이서 학교를 나섰습니다.
그후 오사나이 유키와 나란히 도마 정에 있는 붕어빵 가게 '오구라 암자' 본점에서 붕어빵을 한 개 구입했습니다. 그리고 집으로 돌아가기 위해, 역시 둘이 함께 도로 왼편에 난 인도를 따라 남쪽으로 걸어 오후 4시 35분경 현장에 다다랐습니다.

3

저는 정면에서 노란 자동차가 중앙선을 넘어 제게 다가오는 것을 알아차렸습니다.
갑작스러운 일이라 자동차 헤드라이트에 시선을 빼앗겨 차종은 모르겠습니다.
운전자는 마스크를 쓰고 있었습니다.
이대로는 둘 다 치일 것 같아, 저는 오사나이 유키를 제방도로 밖으로 밀쳤습니다. 차는 브레이크를 밟지 않았던 것 같습니다.
그후 저는 차에 치여 의식을 잃었습니다. 기라 시민 병원에서 의식을 되찾은 것은 오후 9시 20분경이었습니다.

4

저를 친 자동차 운전자가 어디 사는 누군지는 모릅니다.

그 차량이 저를 친 뒤에 멈춰 서지 않고 현장을 떠났다는 이야기를 부모님께 들었습니다.

5

짐작건대, 이번 사고의 원인은 당일 아침까지 내린 눈 때문에 도로가 미끄러웠는데 자동차 운전자가 서행하지 않은 탓으로 보입니다.

6

제 실수는 제설 작업으로 갓길 쪽에 쌓여 있던 눈을 피하려고 인도 오른쪽 끝을 따라 걷고 있었던 것입니다.

7

저는 이번 사고로 자동차 혹은 지면에 온몸을 부딪쳤습니다.

사고 후 기라 시민 병원 의사에게 뇌진탕, 오른쪽 넓적다리뼈 골간부 골절, 갈비뼈 균열 골절, 전신 타박상으로 부상당한 날로부터 육 개월의 요양이 필요할 거라는 진단을 받았습니다.

오른쪽 넓적다리뼈 골간부 골절은 수술을 받았습니다.

8

제 치료비로 얼마가 들지 모릅니다. 뺑소니 운전자가 성심껏 대응해주길 바랍니다.

9

외길이라 시야도 좋았는데 상대가 저를 보지 못했을 리 없습니다. 그런데 저를 친 뒤에 경찰이나 구급차를 부르지 않고 달아나다니 몹시 악질적이라고 생각합니다.
상대방이 충분히 반성하길 바라므로, 엄격한 처벌을 원합니다.

이상과 같이 녹취하고, 구두 확인 후, 열람하게 한 결과, 이상이 없음을 확인하여 본 조서 말미에 서명 날인하였다.

12월 23일
기라 경찰서
사법경찰 가쓰키 아키히코

굉장하다. 내가 한 말은 거의 쓰이지 않았다.

나는 현장의 도로가 셔벗 같은 상태였다고 했고, 나를 친 자동차가 그리 천천히 달리지 않았다는 것도 설명했지만 그것을 사고 원인으로 본다는 말은 하지 않았다. 애초에 나는 '서행'이라는 말의 의미도 잘 모른다. 제설된 눈 때문에 인도 가장자리를 아슬아슬하게 걸었다는 이야기는 했지만, 그것이 내 실수였다는 말은 하지 않았다. 범인에 대해서도 악질적이라는 말은 쓰지 않았다.

그리고 또 오사나이를 밀쳐냈다는 말은 했지만, 그대로 있다가는 둘 다 차에 치일 것 같아서 취한 행동이었다는 말도 하지 않았다.

하지만 가쓰키 씨는 그런 의도를 가진 발언인지 번번이 확인했고, 나도 절대 아니라는 말은 하지 않았다. 다시 말해 이 서류는, 딱히 틀린 내용은 아니다.

"문제없으면 날인을 부탁합니다. 엄지 손도장도 상관없습니다."

가쓰키 씨의 말에 당연히 인감 같은 걸 들고 다니지 않는 나는 엄지로 손도장을 찍었다. 가쓰키 씨는 그 서류를 다시 한번 훑어보더니 작게 고개를 숙였다.

"수고하셨습니다. 나중에 현장검증에도 입회해야 하니 의사가 외출을 허가해주면 바로 연락주십시오. 그럼 저희는 이만 실례하겠습니다."

당연히 묻지 않을 수 없었다.

"저기, 범인을 알아낼 수 있을까요?"

가쓰키 씨가 무뚝뚝하게 대답했다.

"최선을 다해 수사하고 있습니다."

사실 나도 그 이상의 설명을 기대하지는 않았지만.

열이 날 거라던 의사의 예고대로 결국 열이 났다. 간호사에게 해열제를 달라고 부탁할까 싶었지만 참을 수 없을 정도는 아니라 일단 참아보기로 했다.

바로 저녁 식사 시간이 되었다.

짧은 머리 간호사가 침대의 각도를 조절해 내 상체를 일으켜주고 침대에 테이블을 설치해 물이 든 컵을 올려놓았다.

"한번 마셔보세요."

시키는 대로 마셨다. 그냥 물이다.

"뭘 확인하는 건가요?"

"전신마취를 하고 난 뒤에는 삼키는 힘이 약해지기도 해서요. 그걸 확인하는 거예요. 문제는 없어 보이네요."

이어서 침대 테이블에 식사가 차려졌다. 저녁 식사는 죽과

요구르트였다. 몇 시간 만에 먹는지 모를 식사인데 영 식욕이 돋지 않는 메뉴다.

"먹기 힘들면 말씀하세요."

삼키는 힘은 그렇다 쳐도, 내가 정말 식사를 하기 어려운 상태일까? 몸을 움직여보았다. 눈앞의 음식을 보려면 조금 고개를 숙여야 한다. 목은…… 괜찮다. 조금이라면 큰 통증 없이 아래를 내려다볼 수 있다.

팔을 들어보았다. 어깨는 조금 아프지만 움직였다. 진통제를 맞았는데도 아프다고 느낄 정도니 실제로는 상당한 통증일지도 모르지만 일단 지금 식사하기에 지장은 없을 것 같다. 팔꿈치도, 손목도, 손가락도 움직인다. 두 팔을 펼치니 묵직한 통증이 퍼진다. 갈비뼈가 부러졌기 때문이리라.

"괜찮을 것 같아요."

그렇게 대답했다. 간호사는 나를 힐끗 보고 짤막하게 대꾸했다.

"그래요."

간호사가 병실에서 나간 뒤에야 식사를 마치고 그릇을 어떻게 해야 할지 묻지 않았다는 것을 깨달았다. 뭐, 아마 치우러 와주겠지. 어쨌거나 나는 일어서기는커녕 몸도 뒤척이지 못하니, 식기도 직접 치우지 못한다.

죽은 간이 거의 되어 있지 않았다. 건더기도 없다. 먹다가 내가 눈물을 흘리고 있다는 것을 깨달았다. 어떤 눈물인지, 알 수가 없었다.

식사가 끝나갈 즈음, 간호사가 다시 물컵을 들고 오더니 식기를 치우기 전에 말했다.

"몸을 움직이지 못하는 상태에서 수분이 부족해지면 혈액 순환에 악영향이 있으니 물을 드세요."

나는 시키는 대로 물을 마셨다. 침대에서 내려가지 못하고, 갈비뼈가 부러져 몸을 돌리는 것도 힘들어 양치질도 간호사의 도움을 받았다. 그리고 깊이, 깊이 잠들었다.

……몇 시에 잠에서 깼을까? 다리를 수술했으니 몸도 뒤척이지 못하고, 갈비뼈가 부러졌으니 윗몸도 일으킬 수 없어 시계를 볼 수가 없다. 그래도 커튼 너머로 비쳐 보이는 밖이 어둡다는 것은 알 수 있었다.

나는 몸을 움직이고 싶은 충동에 꿈지럭거려보았다. 지금 허용되는 동작은 윗몸을 어설프게 좌우로 흔들거나, 팔을 살며시 움직이는 것 정도다. 나는 머리 뒤로 손깍지를 껴보려 했다. 뭔가 부스럭거리는 소리가 났다.

"뭐지?"

혼자 있는 병실에서 혼잣말을 했다. 소리는 베개 쪽에서 들렸다. 약간 낮은 베개였는데, 내 취향보다는 조금 딱딱했다. 손으로 더듬어보니 베갯잇은 제대로 씌워져 있어 이상한 소리가 날 만한 요소는 없었다. 대체 무슨 소리였을까, 베개 밑을 뒤적거리니 손가락 끝에 뭔가 닿았다. 집게손가락과 가운뎃손가락으로 잡아서 끄집어냈다. 메시지 카드를 넣는 작은 봉투였다.

풀로 붙이지도 않았고, 보내는 사람 이름도 없다. 어둠 속이라 똑똑히 보이지는 않았지만 색은 아마도 흰색이거나 크림색 같았다. 보이는 것처럼 카드가 들어 있을까?

나는 그 봉투 속 내용물을 확인하기가 꺼려졌다. 대체 무엇이 두려운 건지 모르겠지만, 그저 불길한 예감이 들었다.

어째서일까…….

나는 작은 봉투를 손가락으로 만지작거렸다. 손끝이 생각대로 움직인다는 사실을 확인하듯 봉투를 집게손가락과 가운뎃손기락 사이에 끼웠다가, 이어서 가운뎃손가락과 넷째손가락 사이로 옮겼다가, 엄지와 가운뎃손가락으로 집어들었다. 그러는 사이 기억이 났다.

꿈을 꾸었다. 정신을 잃고 있었는데, 무슨 소리를 들었다. 아아, 기억해내지 말걸. 꿈은 내게, 이렇게 속삭였다.

'이건 죗값이야.'

죗값이란 말이지…….

나는 손안의 봉투를 바라보았다. 아무래도 나는 그 속에 고발장이 들어 있을까 봐 겁이 나는 것 같다. 누군가가, 이러이러한 이유로 너는 죗값을 치러야 마땅하다고 규탄하는 게 아닐까 두렵다.

밤의 병실에서, 나는 중얼거렸다.

"짐작 가는 게 없어."

그렇다. 나는 잠에 취해서 존재하지도 않는 고발의 환영을 두려워했을 뿐이다. 내 얼굴에는 희미한 미소가 감돌고 있을 것이다. 봉투를 열었다.

내용물은 역시 메시지 카드였다. 병실이 어두워 글자가 보이지 않았지만 새벽녘의 흐릿한 빛이 비쳐드는 커튼 쪽으로 카드를 가져가니 겨우 읽을 수 있었다.

고마워.

미안해.

용서하지 않을 거야.

오사나이

세 번째 줄의 "용서하지 않을 거야" 앞에 말풍선이 붙어 있고 "범인을!"이라는 한 마디가 덧붙여져 있었다. 하긴, 그 한 마디가 없다면 엉뚱한 뜻이 된다.

무리하지 않아도 돼, 오사나이. 너도 수험생이잖아.

경찰이 최선을 다해 수사하고 있어. 우리가 할 수 있는 일은 없어.

상대는 운전면허를 가진 어른이야. 위험해.

그렇게 생각하면서도 나는 어째선지 웃고 있었다. 오사나이가 정말로 무사하다는 사실, 무사한 오사나이가 용서하지 않겠다고 선언한 사실(범인을!), 둘 다 왠지 우스웠다. 웃음이 치밀어오르자 금이 간 갈비뼈가 통증을 호소했다. 나는 통증을 억누르려고 한숨을 쉬듯 웃었다.

그리고 얼마 지나서 겨우 의문을 느꼈다.

오사나이는 언제 왔던 걸까? 그야 나는 잠들었으니 빈틈이 있었겠지만.

상상 속에서 오사나이가 천장 판자를 벗겨내고 고개를 내밀었다. 작은 봉투를 수리검처럼 던져서 내 베개 밑에 집어넣는다. 그럴 리가 없지만…….

나는 가만히, 불러보았다.

"오사나이?"

한 번 더, 역시나 목소리를 낮춰서.

"오사나이. ……거기 있는 거 아니지?"

고맙게도 '아니야'라는 대답은 돌아오지 않았다. 병실은 몹시 고요했다.

제2장

내 중학 시절의 죄

이튿날, 학교에서는 2학기 종업식이 있었을 것이다. 나는 아침부터 피를 뽑히고 있었다.

검사가 있기 때문이기도 했지만, 가급적 몸을 뒤척이지도 말라고 하니 진료실까지 갈 수 없어서 정말 미안하게도 의사가 병실로 와주었다. 와쿠라라는 초로의 의사 선생님이었다. 생년월일과 오늘 날짜를 묻기에 처음에는 뭔가 서류 작성에 문제가 있었나 싶었다. 생일과 주소, 부모님 이름을 물어도 왜 묻는지 몰랐다. 참으로 둔하게도 선생님이 간단한 덧셈과 뺄셈 문제를 낼 때까지 그게 검사라는 사실을 알아차리지 못했다.

한차례 질문을 마친 와쿠라 선생님이 졸린 기색으로 말

했다.

"인지능력에 문제는 없군요. 사고력도 정상인 것 같습니다."

그거 다행이다.

정말 다행이다. 내게는, 그나마 그것뿐이다.

와쿠라 선생님이 병실에서 나가고 잠시 후, 내가 의식을 막 되찾았을 때 상태를 설명해주고 나중에 다리 수술도 해준 젊은 의사가 왔다. 수술 전에는 역시 얼마간 몽롱한 상태였는지, 그 의사 가슴께에 "미야무로"라고 적힌 이름표가 달려 있다는 것을 오늘 처음 알았다.

미야무로 선생님은 클립보드를 손에 들고 설명해주었다.

"백혈구 수치가 조금 높지만 수술 후에는 허용 범위예요."

그리고 미야무로 선생님은 열과 통증 정도를 확인하고 재차 몸을 뒤척이지 말라고 강조했다.

점심때를 앞두고 누군가 문을 두드렸다. 누가 문병을 왔나 싶어 "들어오세요"라고 대답하자 "실례합니다"라고 한마디 하며 대걸레를 든 작업복 차림의 남자가 들어왔다. 꽤 나이가 많아 보였지만 움직임이 날쌨고, 주저 않고 쓰레기통에 아무것도 없는지 확인하더니 침대 밑을 포함해 병실 구석구석을 대걸레로 닦고 "실례했습니다" 하며 병실을 떠났다.

문병객은 오후에 왔다. 담임 선생님과 학급 임원인 도베와 사토야마였다. 선생님은 정말 걱정스러운 표정이었지만 학급 임원 두 사람은 어딘가 시큰둥한 표정으로, 위로의 말도 마치 원고를 낭독하는 것 같았다. 그도 그럴 것이 입시를 코앞에 두고 모두 자기 일로 정신없는데 낙오된 동급생에게 무슨 할 말이 있겠는가.

종이학이라도 접어 왔으면 둘 자리가 없겠다고 걱정했는데 어제오늘 사이에 그렇게 거창한 문병 선물을 준비할 수는 없었을 테니 학도, 거북이도, 덤으로 과일바구니도, 꽃다발도 없었다. 내가 받은 것은 "몸조리 잘해. 빨리 나아야 할 텐데"라는 사토야마의 말과, 아마도 농담이었을 "뺑소니라면서? 설마 널 노린 건 아니겠지?"라는 도베의 가벼운 말뿐이었다.

나는 도지마 겐고하고는 나름대로 친하니, 만약 그렇게 말한 사람이 겐고였다면 배려심을 발휘해 알려주었을 것이다. 죽을 뻔한 사람에게 그건 사고가 아니라 살해당할 뻔한 것 아니냐는 뜻의 질문은 농담이라도 전혀 재미있지 않다고. 하지만 나는 도베와 그리 친하지 않아서 "그럴지도"라는 말로 그쳤다.

세 사람이 문병을 마치고 돌아가자 어제와 같은 간호사가 들어왔다.

"청식 해드릴게요."

그렇게 말하길래 청식이 뭐지, 적식도 있나 했더니 수건으로 몸을 닦는 것을 청식淸拭이라고 부르는 것 같았다. 몸을 제대로 움직이지 못해 환자복을 벗기도 번거로웠고 부끄럽기도 했지만, 따뜻한 물을 적신 수건으로 몸을 닦아주니 생각보다 훨씬 기분이 좋아 정신이 말끔해지는 느낌이었다. 따뜻한 수건으로 닦은 자리가 기화열로 차가워지는 것은 조금 싫었지만.

간호사는 말없이 내 온몸을 닦고 원래대로 환자복을 입혀주었다. 간호사가 떠나고 나니 병실 안에 변화라고 할 만한 것은 커튼 너머에서 조금씩 위치를 바꾸어가는 태양과 똑똑 떨어지는 수액뿐이었다.

시간이 느리게 지나간다. 진통제가 잘 듣는지 통증도 없고, 발열도 허기도 없어서 나는 그저 천장을 올려다보며 고등학교 생활 마지막 2학기 최후의 날이 지나가는 순간을 헤아리고 있었다. 휴대전화가 망가져서 누구와 연락을 취할 방법도 없다. 똑똑 떨어지는 수액 방울을 세어보았지만 백까지 가기도 전에 질려버렸다. 손을 뻗으면 닿을 침대 옆 테이블에는 겐고가 문병 선물로 가져온 과일바구니 외에 부모님이 두고 간 교과서와 공책, 필기구가 있었지만 입시가 일 년 뒤로 미뤄졌는데 수술받은 다음 날부터 공부를 할 정도로 나는 기특한 성격이 아니다.

그래서 공책에 기록해두기로 했다.

……히사카에 대해서.

겐고는 히사카가 자살했다고 했다.

그건 분명 뭔가 잘못된 정보다. 당연히 겐고가 잘못 들은 것이다.

히사카 쇼타로는 중학교 2학년, 3학년 때 같은 반이었다.

그 시절 내 언동이 어땠는지 되돌아보면 침대 위에서 데굴데굴 몸부림치고 싶지만 지금은 꼼짝도 하지 말라고 하니 내 과거는 생각하지 말자. 히사카는…… 한마디로 표현한다면 멋진 소년이었다.

키는 나보다 주먹 하나쯤 컸다. 즉 180센티미터 정도였다. 등을 조금 구부리고 걸었다. 말수는 적었고, 약간 미안한 표정으로 웃었다. 그늘이 있는 타입이냐고 한다면, 그랬을지도 모른다. 늘 햇볕에 그을어 있었고, 여름에는 특히나 더 그랬다.

학교 성적은 중간 정도였을 것이다. 시험 때문에 힘들어하는 것 같지는 않았지만 그렇다고 뛰어나게 우수하다고 할 정도도 아니었다.

한편 동아리에서는 뛰어난 성적을 남겼다. 내가 다닌 중학교에서는 일본중학교체육연맹에서 주최하는 여름 대회에 모두 참가해야 했다. 운동부 소속 학생들은 당연히 대회에 나가고, 그렇지 않은 학생들은 응원에 동원되었다. 그래서 2학년 여름, 나도 야구부를 응원하러 갔고 거기서 동급생이 이런 말을 하는 것을 들었다.

"약해빠진 야구부보다 히사카나 보러 가고 싶은데. 그 녀석, 강하지?"

"강해. 시내에서는 적수가 없어."

이어서 히사카의 상대가 될 만한 사람은 아무개 정도라는 말을 했던 것 같다. 아마 그게 겐고가 취재했다는 미카사 선배였으리라.

뺑소니 사건 이전에 히사카와 직접 이야기해본 기억은 그리 많지 않다.

2학년 겨울, 체육 수업으로 검도를 했다. 나는 어렸을 때 잠깐 검도를 배운 적이 있어 죽도 쥐는 법이나 보호구를 쓰는 법 정도는 알고 있었다. 두 명씩 짝을 지으라기에 가까이 있던 히사카와 함께 머리 전면과 좌우를 연속으로 치는 연격이라는 기본 연습을 했다. 수업이 끝나갈 때쯤, 마스크를 벗은 히사카가 내게 물었다.

"고바토, 검도 해봤어?"

나는 짤막하게 대답했다.

"조금."

그러자 히사카는 언제나 그렇듯 약간 미안한 표정으로 웃었다.

"그럴 줄 알았어."

으스대는 일에서는 누구에게도 뒤지지 않았던 중학 시절의 나지만, 겨우 그 한마디에 내가 사실은 남들은 모르는 검의 달인이라고 착각하지는 않았다. 히사카는 단순히 내가 조금 익숙해 보여서 의아했던 것이리라.

3학년이 되어서도 히사카는 같은 반이었지만 친하게 말을 섞는 일은 없었다. 확실히 나는 누구와도 친하게 지내는 사교적인 타입이 아니었지만, 히사카는 나보다도 훨씬 더 사람들과 어울리기를 꺼리는 눈치였다. 이목구비가 뚜렷하고 훌륭한 선수라 아마 인기가 많았을 테고, 실제로 히사카에 관한 뜨거운 소문은 내 귀에도 들어왔다. 하지만 내가 기억하는 것은 창가에 혼자 있는 히사카의 모습뿐이다.

내가 당한 뺑소니와 히사카가 당한 사고에는 많은 공통점이 있지만 사건이 발생한 계절은 그렇지 않았다. 히사카가 차에 치인 것은 여름이었다. 아마 여름방학 전이었을 것이다.

나는 기억을 더듬어가며 공책의 하얀 페이지에 펜 끝을 눌렀다.

그날, 히사카는 학교에 오지 않았다.

솔직히 말해 나는 그런 줄도 몰랐지만, 그것을 관찰력의 결여라고 생각하지는 않는다. 사십 명이나 있는 교실에서 평소 특별히 친하지도 않았던 학생 하나가 등교하지 않았다는 사실을 깨닫기는 어렵다. 조례 시간에 담임 선생님이 침통한 표정을 지었다.

"아는 사람도 있을지 모르지만 어제 히사카가 사고를 당했다. 사고를 목격한 사람이 있으면 알려주렴."

술렁거리는 반 아이들을 보며 나는 선생님 생각만큼 '아는 사람'이 많지는 않다고 여겼다. 목격했다는 학생이 나오지 않자 선생님이 다음 말을 이어나갔다.

"생명에 지장은 없다는구나. 우리 반에서도 문병을 갈 건데, 희망하는 사람 있니?"

이번에는 평소 히사카와 자주 대화하던 몇 명이 손을 들었다.

"그래. 그럼 오늘 방과 후에 가자꾸나. 기라 시민 병원이다. 내가 인솔할 테니 손을 든 사람은 따로 행동하지 말도록."

그렇게 끝나려는 분위기가 되자 누군가가 당황한 기색으로 물었다.

"선생님, 히사카는 어떤 사고를 당한 건가요?"

그때 선생님이 지은 아차 하는 표정을 나는 놓치지 않았다. 그렇지만 선생님은 바로 침통한 표정을 되찾았다.

"교통사고다. 제방도로에서 치였다는구나."

그것이 사고에 대한 첫 번째 소식이었다.

히사카가 당한 게 단순한 사고가 아니라 뺑소니였다는 소문은 순식간에 퍼졌다. 정보 출처는 확실했다. 그날 조간신문에 기라 시에서 중학생이 뺑소니 사고를 당했다는 기사가 실린 것이다. 기사에 피해자 이름은 없었지만 히사카가 차에 치였다는 사실과 조간신문에 실린 정보를 연결 짓는 것은 지극히 자연스러운 일이었다.

점심시간이 되자 더 상세한 정보도 오가기 시작했다. 교실 뒤에서 남학생들끼리만 몇 명 모여서 이야기하는 것을 근처에서 우연히 들었다.

"사고를 목격한 2학년생이 있대."

나는 무심코 그들을 돌아보았다.

내가 다녔던 중학교 학급 안에 엄연히 신분제 같은 서열이 있었다고는 생각하지 않는다. 분명히 운동도 공부도 잘하는 학생들로 이루어진 그룹, 운동은 잘하지만 공부는 썩 뛰어나지 않은 학생들이 모인 그룹, 장난꾸러기들이 모인 그룹, 내향적 취미를 가진 그룹 등 몇 개의 집단은 있었지만 그들 사이에 뚜렷한 경멸이나 동경은 없었다…… 아마도. 나는 그런 쪽에는 별로 눈치가 없어서 어쩌면 조금은 우열 관계가 있었을지도 모르겠고, 여학생 그룹 사이의 알력 관계는 아예 몰랐지만.

그때 교실 뒤에서 숙덕거리던 그룹은 어느 쪽인가 하면 운동 그룹이었지만, 반에서는 딱히 주목받는 아이들이 아니었다. 그들은 계속 소문으로 입방아를 찧었다.

"뺑소니라면서? 너무하네."

"여름 대회는 못 나가겠지?"

"애초에 다시 걸을 수 있을지도 불확실하다고 들었어."

짧은 침묵 뒤에 누군가가 말했다.

"범인, 잡힐까?"

다시 침묵이 내려섰다. 그것을 깬 것은 누구였을까?

"나, 자전거를 도둑맞은 적 있는데. 경찰한테 말했지만 신고만 접수해주고 그걸로 끝이었어."

"우리 형도 그러더라. 아무것도 해주지 않았다고."

지금의 나라면 경찰은 바빠서 자전거 도둑에 온 힘을 쏟지 않는 거라는 상식적인 생각을, 달리 말하면 세상 물정에 부합하는 생각을 했을 것이다. 하지만 그때의 그들은, 그리고 나도, 우리의 얕은 경험으로 비추어볼 때 뺑소니범은 분명 잡히지 않을 거라고 우려했다.

누군가가 말했다.

"……현장에 가보자. 히사카는 우리의 에이스야. 그날도 동아리 연습을 마치고 가는 길에 사고를 당했어. 같은 반 친구가 당했는데 잠자코 있을 순 없어."

"뭘 할 수 있다고 그래?"

"그건 모르는 일이잖아. 수업 끝나고 가보자. 혹시 모르니까."

그들은 히사카가 차에 치인 현장을 확인하고, 사건 해결을 위한 단서를 찾으려는 것이다. 그것을 깨달았을 때, 누가 내 머리를 붙잡고 뒤흔드는 듯한 충격을 받았다.

……그때까지 나는 중학교 안에서 소위 명탐정 노릇을 하고 있었다. 운동회 줄다리기가 중지된 이유는 무엇인가? 1학년 학생을 때린 진짜 범인은 누구였는가? 청소 시간에 사라진 현금은 어디로 갔는가? 그런 수수께끼를 해명하며 내가 누구보다도 똑똑하다는 사실을 자랑스러워했다.

그리고 그날, 나는 내가 학교 밖으로 나갈 때가 왔다고 생각했다. 얌전한 반 친구, 히사카 쇼타로의 중학교 마지막 여름 대회를 망쳐버린 비열한 범죄자를 이 고바토 조고로가 몰아세워서 히사카 앞에 무릎 꿇게 하는 것이다.

물론 아무리 나라도 뺑소니범에게 직접 수갑을 채우는 순간을 상상하지는 않는다. 경찰이 놓친 사소한 단서를 찾아내고 신고해서, 동네의 선량한 협조자가 되는 것만으로도 충분하다. 그리고 나는 그게 그다지 어려운 일이 아닐 거라고 생각했다.

나는 의욕을 불태우는 그들에게 대뜸 말을 걸었다.

"말하는 걸 들었는데, 나도 함께 가도 될까?"

나와 그들은 딱히 친한 사이는 아니었지만 이야기를 안 나눠본 사이도 아니었다. 그들 중 한 사람, 우시오와 5월 수학여행에서 같은 조였던 점도 좋은 방향으로 작용했다. 우시오는 조금 얼떨떨한 표정이었지만 바로 힘차게 고개를 끄덕였다.

"물론이지. 머릿수는 하나라도 많은 편이 좋으니까."

방과 후의 하늘은 구름 한 점 없이 맑았다.

나는 약속 시간까지 도서실에 있었다. 사고 기사를 확인하고 있었던 것이다. 예상대로 기사가 있었다.

(6월 8일 《마이니치 신문》 사회면)
6월 7일 오후 5시 10분경, 기라 시에서 보행자가 차에 치이는 사건이 있었다. 경찰에 따르면 피해자는 시내 학교에 다니는 15세 중학생으로, 직접 119에 신고해 기라 시민 병원으로 이송되었으나 중상을 입었다. 경찰은 현장 상황으로 보아 뺑소니 사건일 가능성이 있다고 판단, 현장을 떠난 파란색 차량의 행방을 추적하고 있다.

기사는 뺑소니가 아닐 가능성을 포함하고 있었다. 나는 분개했다. 그렇게 안일한 추측을 하다니, 역시 뺑소니범을 체포하지 못할 것 같았다.

걸어서 통학했던 나는 약속 장소에도 걸어서 갔다.

도고 대교 시작점이 우리가 만나기로 한 장소였다. 도서실을 나설 때는 시간 여유가 충분하다고 생각했는데, 이동 시간을 잘못 계산해서 약속 시간보다 십 분 늦고 말았다. 휴대전화로 늦는다고 연락하기는 했지만 앞쪽에 보이는 약속 장소에는 한 사람밖에 없었다. 다른 멤버들은 먼저 간 줄 알았다.

하지만 약속 장소에 홀로 있던 우시오는 도착한 내게 이렇게 내뱉었다.

"너만 왔어. 나머지는…… 흥, 급한 사정이 생겼다나."

"급한 사정?"

"동아리에 가봐야 한다. 학원에 가는 날인데 깜빡했다. 동아리랑, 학원 둘 다 가봐야 한다. 뭐 그런 거지."

오지 않은 멤버들이 무슨 생각을 했는지, 나는 금세 깨달았다.

아마도 그들은 한심하다고 생각했을 것이다. 점심시간에는 왁자지껄 떠들었지만 조금 시간이 지나니 이성이 돌아왔으리라. 경찰이 수사를 마친 현장에서 중학생이 어슬렁거려봤자 아무것도 찾을 수 없을 거라고 여긴 것이다.

나를 제외하면 유일하게 약속 장소에 온 우시오도 오지 않은 친구들에게 화를 내는 눈치가 아니라 오히려 여기에 온 것을 후회하는 듯한, 어딘가 흥이 깨진 표정이었다. 그래도 우시오는 앞장서서 걸음을 뗐다.

"이쪽이야."

이 동네 북쪽에 펼쳐진 산악 지대에서 흘러나오는 물줄기는 하류 쪽으로 갈수록 계속 합류하면서 이나바라는 큰 강을 이룬다. 이 동네로 흘러든 이나바 강은 지형을 따라 서쪽으로 방향을 틀었다가 이윽고 다시 남쪽으로 향한다. 시가지를 지나서는 아득히 먼 곳에서 태평양으로 흘러들어간다. 우리가 걷는 곳은 서쪽으로 흐르던 강이 남쪽으로 방향을 바꾸는 물굽이를 지나면 있는 도고 대교 위다.

제방은 다리 밑을 지나는 구조로 만들어져 있다. 사실 다리가 제방을 가로지르듯 걸려 있는 셈이다. 다리에서 제방도로까지는 철제로 된 꺾인계단을 통해 몇 미터 내려가야 했다.

이윽고 우리는 제방도로에 나란히 내려섰다. 강이 흘러가는 남쪽으로 걸음을 뗀 우시오에게 물어보았다.

"히사카도 똑같이 걸었을까?"

"똑같이?"

"그러니까 이 다리 시작점에서 하류 쪽으로 걸었을까?"

어째서 그런 걸 궁금해하는지 묻고 싶다는 표정으로 우시오가 퉁명스럽게 말했다.

"그야 그렇겠지. 집으로 돌아가는 길이었으니까."

듣고 보니, 상류로 가면 학교로 돌아가게 된다.

사고가 난 곳은 거기에서 하류 쪽으로 100미터쯤 내려간 지점이라고 했다. 우리는 길 왼쪽에 난 인도를 걸었다.

제방도로에는 신호가 없어서 차들이 상당히 빠르게 달렸다. 우리는 쌩쌩 지나가는 자동차 바로 옆을 걸었다. 인도는 두 사람이 나란히 걸을 수 있을 만큼 충분히 넓었지만, 우리는 나란히 걷지 않았다. 우시오는 터벅터벅 걸어갔고 나는 그의 뒤에서 전후좌우, 최대한 주위를 관찰하며 걸었다.

우리가 걷는 인도의 왼쪽은 각도가 40도는 됨직한 내리막이다. 측단 아래에 또 내리막이 있고, 그 너머로 거리 풍경이 펼쳐진다. 제방을 보강할 목적인지 비탈에는 잔디를 심어두었다.

나는 걸어가며 왼쪽 측단을 내려다보았다. 측단의 폭은 3미터는 되어 보였고 사람이 걸어다니기에 불편하지는 않을 듯했다. 만약 히사카가 제방도로 위 인도가 아니라 측단을 걸었다면 그런 사고는 당하지 않았을 텐데.

하지만 학교에서는 측단으로 다니는 것을 강력하게 금지하고 있다. 사람이 측단을 걸으면 잔디가 상하고, 잔디가 상하면 그 자리에 빗물이 스며들어 제방이 붕괴된다고 했다.

우시오가 걸음을 멈추고 길 위를 가리켰다.

"여기야. 들은 것과 같아."

아스팔트 위에 타이어 자국이 뚜렷하게 남아 있었다. 하지만 그것 말고는 현장을 에워싸는 출입 금지 테이프도 없었고, 제복 경찰관이 감시하고 있지도 않았다. 길 위에 시커멓게 남은 타이어 자국 외에는, 어제 히사카가 당한 뺑소니 사고를 암시하는 것은 아무것도 없었다.

나는 일단 우시오에게 물었다.

"들은 것과 같다니, 누구한테 들었어?"

우시오는 시큰둥하게 대답했다.

"아까 말 안 했나? 사고를 봤다는 2학년생이야. 인도에 타이어 자국이 남아 있어서 사고 현장을 바로 찾을 수 있다고 했어."

우시오가 고개를 들었다. 나도 덩달아 먼 곳을 내다보았다. 시야가 탁 트였다. 시가지와 농지가 아득히 멀리까지 이어졌고, 철탑에 연결된 전선이 저 멀리 뒤쪽에서부터 앞쪽으로 뻗어 있다. 6월이었다. 장마 사이에 잠시 비가 그쳐서 하늘이 한없이 푸르렀다.

이 광활한 풍경 속에서 우시오는 자기가 무언가 할 수 있을지도 모른다는 기대감을 잃어버렸다. 체념이 우시오의 마음을 채워가는 과정이 눈에 보이는 듯했다.

우시오는 스스로를 타이르듯 중얼거렸다.

"단서라니, 그게 대체 뭐야?"

나는 지금 네가 한 말이 단서라고 이야기해주고 싶었다.

"그 2학년은 이름이 어떻게 돼?"

"응?"

"이름 말이야. 사고를 목격한 2학년생 이름을 알려줘. 알고 있다면 몇 반인지도."

"아아. 후지데라야. 후지데라 마코토. 반은 모르겠네."

"그 2학년은 어디서 사고를 봤다고 했어?"

우시오가 눈썹을 찌푸렸다.

"몰라. 이렇게 앞뒤로 쭉 이어지는 길에서 봤다고 하니까 아마 히사카 뒤쪽에 있었겠지. 사고는 후지데라 눈앞에서 벌어진 거야."

"두 사람 사이의 거리는 어느 정도였을까?"

"그러니까 모른다잖아. 본인한테 물어."

물론 그럴 작정이다.

초여름의 바람이 강 위를 지나갔다. 우시오는 겨우 생색낼 만큼만 좌우를 살펴보고는 이렇게 말했다.

"여기에는 아무것도 없어 보이네."

다시 말해 완전히 의욕을 잃은 것이다. 나는 우시오를 붙들지 않았다.

"그럴지도 모르겠다."

"돌아가자."

"나는 조금 더 보다 갈게."

그 말을 들은 우시오가 순간 경멸 어린 표정을 지었다. 반 친구가 비극을 당한 장소를 재미 삼아 어슬렁거리다니 몹쓸 녀석이라는 듯이. 나는 여기에 오자는 말을 꺼낸 게 누구냐고 따지지는 않았다. 돌아갈 테면 빨리 돌아가주길 바랐기 때문이다.

이윽고 우시오는 체념한 듯 말했다.

"뭔가 알아내면 말해줘."

"물론."

"그럼."

우시오는 주머니에 손을 넣고 제방도로를 걸어갔다. 나는 그 뒷모습을 십 초 정도 지켜보다가 타이어 자국으로 눈을 돌렸다.

타이어 자국이 남아 있다는 사실 자체가 대단히 중요한 단서다.

아스팔트에 스키드 마크가 남아 있다는 사실은 회전이 잠긴 상태에서 타이어가 미끄러졌다는 뜻이다. 그리고 지금 다니는 자동차들은 대부분 안티록 브레이킹 시스템, 즉 ABS가 탑재되어 있어 타이어가 잠기지 않는다. 즉 히사카를 친 것은 ABS가 탑재되지 않은 자동차라는 뜻이니 대상 차종은 상당히 좁혀진다.

나는 길 위에 웅크려 앉았다.

스키드 마크는 네 줄이었다. 다시 말해 히사카를 친 것은 오토바이나 삼륜차가 아니라 사륜 자동차가 틀림없다.

문제는 방향이다. 뺑소니 차량은 히사카를 정면에서 받았을까, 뒤에서 받았을까?

나는 막연히 히사카가 정말 하류 쪽으로 걸었다면 등 뒤에서 다가오는 차에 치였을 거라고 생각했다. 히사카가 정면에서 치였다면 그 차는 중앙선과 맞은편 차선을 넘어 인도로 뛰어든 꼴이 되는데, 설마 그럴 리는 없을 거라고 생각했던 것이다. 하지만 타이어 자국은 바로 그런 형태였다.

다시 말해 범인의 차는 이쪽 차선을 뚫고 나가 브레이크를 걸면서 인도로 뛰어든 것이다. 범인은 휴대전화나 무언가에 정신이 팔려 있었을까? 아니면 졸음운전이라도 했던 걸까?

수업에서 쓰는 자를 챙겨 온 나는 타이어 자국의 폭과 길이를 쟀다. 폭은 14.5센티미터 정도였고, 길이는 대략 26센티미터였다.

푸른 하늘 아래서, 나는 고개를 갸웃거렸다. 전문 지식이 없어서 지금 손에 넣은 숫자를 어떻게 이용해야 할지 짐작도 가지 않았다. 다만 타이어 폭이 조금 좁은 것 같기는 했다. 나는 학교에 있는 동안 주차장에 있는 차의 타이어를 측정했다. 그 차는 정말 평범한 승용차였는데, 지면에 닿아 있는 타이어 폭은 19.5센티미터였다. 그에 비하면 현장에 남은 흔적은 폭이 좁았다.

"경차?"

예외는 있겠지만 대체로 경차의 타이어는 일반 차량 타이어보다 작고 폭도 좁다. 이 타이어 자국을 남긴 것이 경차라고 단언하기에는 근거가 부족하지만 적어도 대형차는 아니었다고 말할 수는 있을 것 같다.

더 깊이 생각해보자. 사고가 발생한 순간에 히사카는 인도 어디쯤을 걷고 있었을까? 측정해보니 인도 폭은 1.5미터였다. 히사카는 오른쪽으로 걸었을까, 한가운데로 걸었을까, 왼쪽으로 걸었을까?

자동차와 달리 길에 히사카의 발자국은 남아 있지 않다. 여기서도 참고가 되는 것은 역시 타이어 자국이다. 브레이크 자국 끝은 타이어가 정지한 위치, 즉 자동차가 멈춘 위치라고 볼 수 있다. 자동차는 거기서 정지할 때까지, 중간 어디쯤에서 히사카를 쳤다는 뜻이다.

타이어 자국을 다시 관찰하다가 눈썹을 찌푸렸다.

인도 한복판에 서서 다시 길 위의 타이어 자국을 보았다.

앞바퀴 위치에서 자동차 앞머리까지의 길이는 차종에 따라 다르다. 트럭처럼 보닛이 없는 차도 있는가 하면, 앞머리가 유난히 긴 차도 있다. 그렇지만 이렇게 긴 차가 있을까?

나는 중얼거렸다.

"어째서 치였을까?"

히사카가 인도를 평범하게 걷고 있었다면, 저 위치에서 멈춘 차에 치였을 것 같지 않았다. 그렇다면…… 어떻게 된 거지?

자동차가 정지한 위치를 염두에 두면서 조금씩 인도에서 차도 쪽으로 다가가다가 멈춰 섰다. 남아 있는 흔적을 근거로 상상해본다면 히사카가 사고 순간에 걸었던 곳은 인도 오른쪽 가장자리 경계…… 차도 바로 옆이다.

제방도로에서 자동차는 속도를 낸다. 아무리 인도가 있어도 빠른 속도로 달리는 자동차는 역시 무섭다. 누구나 차도에서 멀찍이 떨어져 걷고 싶을 터. 그런데 히사카는 차도 쪽으로 걸었다. 자동차가 무섭지 않았을까?

타이어 자국으로는 그 이상 아무것도 알아낼 수 없을 것 같았다. 나는 고개를 들어 주위를 살피기 시작했다.

사실 현장에 오기만 하면 헤드라이트 파편이라도 찾을 수 있을 줄 알았다. 하지만 길 위는 누군가 싹 치운 것처럼 깨끗해서 단서가 될 만한 물건은 전혀 없었다. 아마 실제로 경찰이 빗자루와 쓰레받기로 증거품을 모았을 것이다. 뭔가 찾을 수 있을 거라는 기대감이 수그러들었다. 하지만 타이어 자국에서 20미터도 채 떨어지지 않은 곳에서 무언가를 발견했다.

측단에 뭔가 떨어져 있다.

시가지 쪽을 향한 비탈에는 잔디가 곱게 자라 있었지만 측단 잔디는 군데군데 벗겨져 흙이 드러나 있었다. 그렇게 잔디가 없는 자리에 자그맣고 빨간 물체가 있었다.

제방에는 100미터 간격으로 제방을 오르내릴 수 있는 계단이 설치되어 있다. 나는 가까운 계단을 통해 측단으로 내려가 붉은 물체에 다가갔다. 링으로 묶은 단어장이었다. 종이 질이나 색으로 보아 이곳에는 상당히 최근에 떨어진 것 같았다.

두꺼운 붉은색 표지를 넘기자 수성 볼펜으로 적어 잔뜩 번진 글씨가 나왔다. 알아볼 수 있는 단어였다. 'certainly'. 뜻은 '확실히'로 중학교 3학년 때 배우는 단어다. 누가 뭐래도 바로 내가 얼마 전 수업 때 배웠으니 틀림없다.

누군가 이곳에 단어장을 떨어뜨렸다. 그 인물은 중학교 3학년일까? 히사카는 당연히 중학교 3학년이다. 이것은 히사카가 떨어뜨린 물건일까?

어쩐지 그럴 것 같지 않았다. 단어장을 더 넘겨 보았다. 'quickly, focus, wrong'. 역시나 전부 중학교 3학년 과정에서 배우는 단어다. 어째선지 그중 'FIGHT'만 대문자로 적혀 있다. 어느 글자나 은근히 둥그스름한 느낌으로 귀여운 인상이었다. 누가 어떤 글씨를 쓰든 자기 마음이지만 이 필적은 히사카의 이미지와 맞지 않았다.

단어장의 글씨는 전부, 빠짐없이 번져 있었다. 단순히 실수로 물에 빠뜨린 단어장을 그대로 들고 다녔던 걸까? 아무래도 그럴 것 같지는 않다. 여기 떨어진 뒤에 비를 맞아 글씨가 번졌다고 생각하는 편이 자연스러우리라.

아니면…….

나는 단어장이 떨어져 있던, 잔디가 벗겨진 자리를 보았다. 흙은 메말라 있었지만 자세히 보니 주위에 비해 조금 파여 있는 것 같았다. 비가 내리면 물이 고일지도 모른다. 단어장을 웅덩이에 떨어뜨렸다면 모든 페이지의 글씨가 번졌을 것이다. 마지막으로 비가 내린 게 언제였더라?

그제부터 어제까지다. 이틀 동안 계속 내린 호우는 어제 새벽에야 겨우 잠잠해지다가 오후에 그쳤다.

이 단어장이 그 폭우를 맞았다면 글씨는 더 심하게 번졌을 것이다. 다시 말해 이 단어장은 어제 비가 그치고 물웅덩이가 마르기 전에 이곳에 떨어졌다는 뜻이다. 그 시간대에 제방 위에서 히사카가 차에 치였다.

냉정하게 바라보면 이 단어장과 히사카의 뺑소니 사고 사이에 어떤 관계가 있다고 생각할 근거는 아무것도 없다. 하지만 나는 내가 무언가를 발견했다는 만족감과 흥분에 젖어 단어장을 손수건으로 감싸서 가방에 집어넣었다.

오후 5시를 조금 지난 시간이었다. 나는 다시 인도로 올라가 해가 저물어가는 거리를 바라보고 있었다.

사건은 오후 5시 10분경에 일어났다고 하니 마침 이맘때쯤이다. 눈앞에서 하교하는 학생들이 드문드문 지나갔다. 인도는 조금 가다가 막히기 때문에 제방도로로 올라온 보행자들은 저마다 여기저기에 시가지 방향으로 난 계단을 통해 내려가 목적지로 향한다. 어차피 내려갈 거라면 굳이 위쪽 인도를 지나는 것보다 아래쪽에서 걷는 게 나을 것 같지만, 아래에는 제방도로를 따라갈 수 있는 직선 길이 없어서 위쪽 길을 걷는 편이 빠른 것이다. 자동차 통행량은 예상보다 적어서 어느 차선이나 몇십 초에 한 대씩 잊을 만하면 생각났다는 듯 지나가는 게 전부다. 조금 더 지나면 퇴근 시간대니 자동차도 더 늘어날 것이다.

나는 조금 망설였다. 여기에 더 머물까, 아니면 이동할까. 여기에 있으면 혹시나 범인의 자동차가 지나갈지도 모른다.

다만 잘 생각해보면 히사카의 피라도 묻어 있지 않은 한 범인의 자동차를 알아볼 방법이 없다. 그것이 트럭인지 스포츠카인지도 모르고, 그저 파란색 자동차라는 기사를 읽었을 뿐이니까. 그렇다면 여기서 할 수 있는 일은 더 없을 것 같았다.

히사카가 입원한 기라 시민 병원은 여기에서 그리 멀지 않다. 꼭 지금이 아니더라도, 조만간 히사카에게 사건 발생 당시의 상황을 물어보아야 한다. 그렇다면 빨리 해치우는 게 낫다. 나는 제방을 내려가 거리로 향했다.

문병 선물은 어떻게 할까. 이런 상황이 될 줄은 몰라서 용돈에 여유가 없었다. 길가에 난 꽃을 따 갈까 싶었지만 오히려 무례한 행동으로 보일 것 같아 그대로 빈손으로 가기로 했다.

기라 시민 병원은 사건 현장에서 도보로 십 분 정도 거리에 있다. 구급차라면 눈 깜짝할 새에 도착했으려나……. 그래 보여도 실제로는 상당히 시간이 걸렸을 것 같다. 도보라면 계단으로 제방을 내려갈 수 있지만 자동차는 그럴 수 없다. 구급차는 내려갈 수 있는 위치까지 우회했을 것이다.

병원은 오 층짜리 건물이었다. 차를 스무 대쯤 세울 수 있는 주차장과, 현관 앞에는 로터리가 있다. 자동문 옆에 "기라 시민 병원"이라고 적힌 팻말이 있고 그 밑에 내과, 소화기내과, 외과, 정형외과, 뇌신경외과, 순환기내과, 방사선과, 재활의학과가 주르륵 적혀 있다. 즉 기라 시민 병원은 큰 병원이다.

접수처 직원은 간호사 같은 유니폼이 아니라 하얀 셔츠에 연녹색 조끼를 입고 있었다. 진찰을 받으러 온 게 아니라 반 친구를 문병하러 왔다고 말하고 히사카 쇼타로의 병실이 어디인지 물었다. 베테랑으로 보이는 접수처 직원은 몹시 사무적으로 알려주었다.

"403호입니다. 6시부터 7시까지는 저녁 식사 시간이라 면회할 수 없습니다. 면회 시간은 8시까지입니다."

시계를 보니 5시 반이 넘었다. 시간이 별로 없다는 뜻이다.

접수처 근처에서 엘리베이터를 타고 4층으로 올라갔다. 긴 머리에 안경을 쓴 여성이 스쳐 지나갔다. 어디가 아파 보이지는 않았으니 나처럼 누군가를 문병하러 온 것이리라. 찾아가려는 403호는 금방 보였다. 문 옆에 붙은 이름을 적어두는 팻말에는 '히사카 쇼타로'라고만 적혀 있었다. 히사카의 병실은 1인실로 보였는데 이것저것 묻고 싶은 내게도 고마운 일이었다. 문을 두드렸다.

들려온 대답은 작았다.

"예."

미닫이문을 열었다. 문은 조용히 열렸고, 안으로 들어가자 등 뒤에서 소리도 없이 저절로 닫혔다. 커튼이 쳐져 있어 실내가 어두침침했다.

히사카는 두 손에 붕대를 감고 있었다. 환자복인지 옅은 하늘색 옷을 입은 가슴께에도 크림색 붕대가 조금 감겨 있었다. 히사카는 나를 보더니 의아하다는 듯 눈썹을 찌푸렸다.

"……고바토?"

내 이름이 바로 나오지 않은 것이리라. 이야기를 거의 나눠본 적이 없으니 그럴 만도 하다. 나는 인사 대신 살짝 손을 들었다.

"문병 왔어."

"아아, 그래……. 아까 선생님하고 다른 애들도 왔어."

"그래? 그럼 같이 올 걸 그랬네."

히사카는 내 말을 의심하지 않았다. 환영하는 기색은 아니었지만 나가라고도 하지 않았다.

"뭐, 앉아. 거기 의자 있지?"

둘러보니 둥근 의자가 하나 있었다. 히사카는 짓궂게 웃었다.

"내가 꺼내주고 싶어도 손이 이래서."

붕대가 감긴 두 손은 정말 아파 보였다. 나는 '시내에서는 적수가 없다'는 히사카에 대한 정보를 반 아이들의 대화로 알고 있었다. 하지만 구체적으로 어느 종목을 잘하는지 몰랐다. 손의 부상을 실컷 위로했는데 사실 히사카가 축구부 스트라

이커라면 괜히 어색해진다. 나는 그냥 무난한 말을 건넸다.

"빨리 나아야 할 텐데."

일단 입을 여니 히사카는 어째서 친하지도 않은 내가 찾아왔는지 개의치 않는 것 같았다. 어쩌면 심심했는지도 모른다. 말투는 의외로 쾌활했다.

"보기엔 이래도 손은 그리 심각하지 않아. 쓰러질 때 지면을 잘못 짚는 바람에 삐었거든. 선생님이 나을 거라고 하셨어."

여기서 말하는 선생님은 교사가 아니라 히사카를 담당하는 의사를 말하는 것이리라. 나는 역시나 조금 안도했다.

"그거 다행이네. 여름 대회는……."

"그건 아무래도 어렵지. 라켓을 쥘 수가 없으니."

즉 히사카가 하는 운동은 테니스나 배드민턴이라는 뜻이다. 탁구는 아니겠지. 체육 시간에 탁구를 했을 때 탁월한 실력을 보여주는 탁구부원들에 비해 히사카는 나와 별반 차이가 없었다.

나는 반에서 들은 소문을 기억해냈다.

"다리도 다쳤다고 들었는데."

"다리?"

불만스러운 목소리였다.

"그야 다리도 삐긴 했지만. 누구한테 들었어?"

"우시오가 그러던데, 우시오도 다른 사람한테 들은 것 같았어."

"이상한 소문이 도는 모양이네. 뭐, 아무래도 상관없지만."

히사카는 자기 가슴에 손을 얹었다.

"그보다도 이쪽이 심각해. 갈비뼈."

"차에 부딪힌 곳이야?"

"아니. 소문이 어떻게 돌고 있는지 모르겠지만, 자동차가 갑자기 대각선 앞쪽에서 달려오더니 급브레이크를 밟았고, 내 눈앞에 왔을 때는 거의 멈췄어. 그 마지막 순간에 부딪혀서 나는 이렇게."

히사카가 천천히 권투 방어 자세를 취했다.

"몸을 보호했지. 하지만 역시 자동차는 엄청나. 버티지 못하고 뒤로 쓰러졌는데 그 충격에 갈비뼈가 부러졌어."

"그런데 팔은 삐기만 한 거야?"

"나도 신기하다고 생각했는데, 팔은 내출혈 정도래. 뭐, 아프긴 하지만."

"그렇구나, 그래도."

무사해서 다행이라고 하려는데 히사카가 말을 이었다.

"그리고 머리를 부딪쳐서 두개골에 금이 갔어."

"……그거, 괜찮은 거 맞아?"

히사카가 웃었다.

"본인한테 그러지 마. 두개골이 부러졌다고 하면 큰일처럼 들리지만 정말 금이 간 것뿐이고, 특별히 치료할 필요도 없대. 뭐, 헤딩은 금지라더라."

"헤딩은 안 하겠지. 테니스라면 볼에 맞을 때도 있겠지만."

"테니스라면 그렇겠지."

그 표현으로 추측건대 히사카가 하는 '시내에서는 적수가 없다'는 스포츠는 테니스가 아니다. 양자택일 중 한쪽이 사라지니 답이 보였다. 히사카는 배드민턴부 에이스다.

그건 그렇고 머리를 부딪쳤다는 말을 들으니 이런 나도 조금은 인간다운 감정이 솟아났다.

"뼈는 괜찮더라도, 그…… 안쪽은 괜찮은 거야?"

그렇게 묻자 히사카는 울적한 미소를 지었다.

"걱정해줘서 고마워. 의사 선생님도 그게 문제라고 했어. MRI를 찍었는데 일단 뇌내출혈은 없지만 하루 동안 경과를 지켜보자고 하셨어. 부어오르면 수술해야 한대."

"아니면 좋겠다."

"응, 진심으로."

히사카의 부상 정도는 이것으로 대강 알아냈다. 동시에 사건 정황도 대충 알았다.

현장에서 본 것처럼 범인은 급브레이크를 밟아 차를 세웠지만 히사카와 충돌을 피하지는 못했다. 히사카는 자기 팔로 몸을 감쌌고 충격의 여파로 뒤로 쓰러졌다. 쓰러질 때도 손으로 몸을 보호하려 했지만 한발 늦어서 몸과 머리를 아스팔트에 부딪쳤고 손목을 삐었다. 몇 개인지는 몰라도 갈비뼈가 부러졌고 두개골에는 금이 갔다. 다리도 접질렸다. 일단 지금은 뇌에 이상은 없는 모양이다.

이해되지 않는 점이 한 가지 있다. 아까 히사카가 그랬듯이 나도 권투 방어 자세를 취해보았다. 히사카가 물었다.

"뭘 하는 거야?"

"아니…… 뭐라고 해야 하나, 차가 달려드는데 이렇게 가슴 앞을 지키는 자세가 나오나 싶어서."

차 앞은 대부분 보닛이 있고 그 안에는 엔진이 들어 있다. 차에 따라 높이는 제각각이지만 키가 180센티미터인 히사카의 가슴이 부딪힐 만큼 보닛이 높은 차는 떠오르지 않는다. 차체에 직접 부딪히는 건 보통 다리나 허리 아닌가?

히사카는 딱히 미심쩍어하지 않고 가르쳐주었다.

"아아. 박스카에 치였거든."

그렇다면 이해가 간다. 박스형 차량은 운전석 앞 보닛이 튀어나오지 않아 일반적으로 다른 차보다 전면이 편평하다. 그런 차가 갑자기 달려들면 무심코 가슴을 감싸는 자세를 취하기도 할 것이다.

범인의 차량 타입은 커다란 단서가 된다. 히사카는 또 어떤 단서를 가지고 있을까?

"범인은 봤어?"

히사카는 분한 기색을 드러냈다.

"경찰에도 말했는데 못 봤어. 어쨌든 너무 갑작스러웠으니까."

"박스카라고 했지, 번호판은?"

"그것도 못 봤어. 다만 자동차 색이 파랬어. 파란색보다는 하늘색이라고 해야 할까."

"제조사 이름 같은 것도 없었어?"

"방금 말했잖아. 너무 갑작스러워서 볼 틈도 없었어."

"히사카는 평소에도 하교할 때 그 길로 다녀?"

대답하려던 히사카가 입을 다물었다. 눈에 의심하는 빛이 감돌았다.

"……야. 고바토, 아까부터 뭐야? 내가 차에 치인 게 그렇게 재미있어?"

조금 성급했는지도 모르겠다. 너무 들이대면 상대가 불편해하는 것은 당연하다. 그럴 생각은 없었다는 마음을 담아 손을 저었다.

"설마. 같은 반 친구가 이런 일을 당했는데. 반에서도 화내는 애들이 여럿 있었어."

"화를 내? 누구한테?"

"당연히 범인이지."

히사카는 맥이 풀린 것처럼 고개를 숙였다.

"범인이라. 하긴 그런가."

"그러다가 우리끼리 범인을 찾아내자는 이야기가 나왔거든. 물론 경찰처럼 수사할 수는 없지만, 우리가 더 잘할 수 있는 일도 있지 않을까 하고. 어쨌거나 구경만 하고 있을 수 없으니까 뭐든 알아내면 경찰에 연락하기로 했어."

거짓말은 아니었다. 적어도 오늘 점심시간에 그런 움직임이 있었던 것은 사실이다.

히사카는 방금 슬쩍 내비쳤던 분노를 거두고 억지웃음을 지었다.

"엉뚱하기는. 누가 그런 소릴 했어?"

"우시오."

"그 녀석…… 오지랖하고는. 그런데 어째서 고바토 네가 왔어?"

"다른 애들은 뭔가 볼일이 있는 것 같아서."

이번에야말로 히사카가 순수하게 웃었다.

"고바토 너, 애들한테 이용당하는 거 아니야? 말을 꺼낸 사람이 와야지."

"뭐. 하지만 분명 단서는 나올 거야."

그 말을 들은 히사카가 문득 진지한 표정을 지었다.

"그럼 미안하지만 애들에게 전해줘. 나를 위해 화를 내주는 건 기쁘지만 이미 경찰이 수사하고 있어. 괜한 짓으로 범인을 몰아세웠다가는 달아나거나, 너희가 위험한 꼴을 당할지도 몰라. 마음만으로 충분해. 아무것도 하지 마."

뺑소니 사고를 당하면 다들 이런 식으로 생각할까? 경험이 없으니 히사카의 심리를 상상할 수조차 없다.

"물론 안전은 유념하라고 할게."

"그런 뜻이 아니야. 그만두라고 해줘."

나와 히사카는 어두침침한 병실에서 잠시 다음 말을 찾고 있었다. 하지만 둘 다 입을 열지는 않았다. 노크도 없이 벌컥 문이 열렸기 때문이다.

"히사카 학생, 저녁 식사예요. 어머나, 이렇게 어두운 데

서. 불 켤게요."

목소리가 밝은 간호사였다. 식판이 몇 개나 쌓인 수레를 밀고 있었다. 간호사가 나를 힐끔 쳐다보았다. 면회 시간은 끝났다고 눈치를 주는 것이리라.

나는 의자에서 일어섰다.

"그럼, 히사카. 몸조리 잘해."

"응, 고마워. 조심히 돌아가."

그리고 히사카는 재미있는 생각이라도 떠오른 듯 덧붙였다.

"……차 조심해."

날이 저물어간다. 저녁 식사 시간이 되었다. 나는 공책을 덮고 펜을 내려놓았다.

짧은 머리 간호사가 식판을 가져다주었다. 나는 입원 이후 아마 처음으로, 내가 무엇을 먹고 있는지 의식하며 식사를 했다. 하얀 쌀밥에 닭고기 간장 조림, 시금치나물, 참깨와 마요네즈로 버무린 우엉 무침, 두부 된장국이다. 저염식이지만 밍밍하지는 않았다. 나는 천천히 먹었다. 서두르면 갈비뼈가 아프다. 마지막으로 물을 한 잔 마시고 간호사의 도움을 받아 이를 닦았다.

그나저나 부상 환자는 원래 이렇게 잠을 많이 자는 걸까? 나는 언제인지도 모르게 정신을 잃듯 잠들었다가 어둠 속에서 눈을 떴다.

새벽이었다. 병실은 어두웠지만 차광 기능이 없는 커튼 너머에서 날이 밝아오고 있었다. 더 잘 수 있을 것 같았다. 자세를 바꿀 수 없는 몸이 비명을 지른다. 누워 지내는 것 말고는 달리 할 수 있는 일이 없었다.

하지만 나는 히사카에 대한 생각을 떠올리고 말았다.

히사카 쇼타로. 조금 울적한 표정으로 웃는 배드민턴부의 에이스. 자살했다니 그럴 리 없다. 그렇게 말하고 싶지만 결국 나는 히사카에 대해 아는 게 거의 없다…….

바깥을 보고 싶어서 몸을 살짝 틀었다. 손을 뻗어 커튼을 조금 열자 거리의 불빛과 달빛이 비쳐들었다.

병실 안으로 시선을 돌리니 테이블 위에 강아지가 있었다.

회색 강아지 인형이다. 작고 털이 짧다. 강아지인 줄 알았지만 어쩌면 늑대인지도 모른다. 어쨌거나 눈빛이 영 곱지 않다.

늑대는 금색 리본이 묶인 초콜릿 상자 위에 앉은 채였다. 인형을 치워보니 리본 사이에 자그마한 크림색 봉투가 꽂혀 있었다. 봉투를 열자 어제와 똑같이 작은 메시지 카드가 들었다.

메리 크리스마스.

아기 염소를 잡아먹은 나쁜 늑대랍니다.

어린애 같다고 생각하지 마.

그렇다는 건 내가 제일 잘 아니까.

오사나이

추신, 봉봉 쇼콜라는 하루 한 알만.

그런가. 오늘은 크리스마스였구나. 이 늑대는 오사나이가 주는 선물일까? 나쁜 생각만 꿈틀대는데 기대하지도 않은 선물을 받았다. 나는 어둠 속에서 웃으며 히사카 일은 분명 뭔가 착각일 거라고 생각했다. 겐고가 다른 사람을 통해 들은 이야기를 믿다니 성급했다. 분명…… 분명 뭔가 착각한 것이다.

리본을 풀고 상자를 열었다. 달콤한 향기가 피어올랐다.

작은 봉봉 쇼콜라가 두 칸에 네 줄씩 모두 여덟 알이 들어 있었다. 전부 주사위처럼 네모났다. 초콜릿 크기에 비해 상자가 너무 높았다. 상자에 든 반으로 접힌 종이를 펼쳐 보니 자긍심 넘치는 문장으로 맛에 대한 설명이 자잘하게 적혀 있었다. 오사나이다운 문병 선물이다.

나는 새삼 늑대 인형을 바라보았다.

이런 크리스마스를 맞이하게 될 줄은 상상도 못했다. 오사나이는 어째서 내게 인형을 선물했을까?

메시지 카드에는 뒷부분이 있었다. 문장은 카드 뒷면으로 이어졌다.

노란색, 작은 차(경차?), 번호 미상.

삼 년 전과는 조금 달라.

첫 번째 줄은 나를 친 자동차에 대한 정보일 것이다. 오사나이는 내가 치이기 전에 제방도로에서 떨어졌는데, 역시나 눈썰미가 좋다.

그리고 물론 오사나이도 내 사고와 삼 년 전 뺑소니 사고가 흡사하다는 것을 알고 있다. 내게 그랬듯이 오사나이에게도 그 사건은 결코 잊을 수 없는 일이었을 것이다.

눈을 감기 전에 늑대 인형을 들어올려보았다.

아기 염소를 잡아먹었다면, 나쁜 늑대가 맞다.

제3장

우리는 정말 만날 운명이었을까?

열려 있던 커튼 사이로 쏟아지는 빛 때문에 눈이 따가웠다. 짧은 머리 간호사가 문을 열고 들어왔다.

"안녕하세요. 어젯밤은 푹 잤어요?"

중간에 한 번 깼지만 그것만 빼면 거의 반나절 동안 계속 잤다.

"예, 아주 푹."

간호사는 어딘가 업무적인 미소를 지었다.

"그거 다행이군요. 그럼 체온을 잴게요."

간호사는 그렇게 말하며 체온계를 건네더니 수액을 교체하기 시작했다.

체온계는 겨드랑이 밑에 넣어 재는 타입이었는데, 어떤 구조인지 내가 집에서 쓰는 것보다 훨씬 빨리 결과가 나왔다. 수액 교체가 끝날 때에 맞춰서 측정 완료를 알리는 전자음이 울렸다. 체온계를 간호사에게 내밀었다.

"조금 높네요. 어디 불편한 데는 없나요?"

아주 많다.

"다리도 아프고, 열도 나고, 왠지 부은 것 같아요."

"알겠습니다."

"머리도 조금 아프고요."

"예."

"자세를 바꾸지 못하는 게 정말 힘들어요."

"참아야 합니다."

시키는 대로 불편한 부분을 말했는데 아무 수확도 없었다. 간호사는 체온계를 닦아 주머니에 넣더니 내 머리맡을 쳐다보고 살짝 웃었다.

"귀여운 인형이네요."

늑대 인형은 테이블 위에 얌전히 앉아 있었다. 나는 일단 물어보았다.

"병실에 가져오면 안 되나요?"

"괜찮아요. 하지만 어제는 없었죠?"

"밤에 친구가 문병 왔다가 두고 간 것 같아요."

"그런가요. 이야기는 나누었나요?"

나는 쓴웃음을 지었다.

"계속 자느라 온 줄도 몰랐어요. 일어나보니 놓여 있더라고요."

간호사는 생긋 웃으며 화제를 바꾸었다.

"오늘부터 재활 훈련을 시작합니다. 힘내세요."

조금 놀랐다. 바로 그저께 수술을 받았는데 벌써 재활 훈련을 시작하다니.

"아침 식사는 어제처럼 8시입니다."

그렇게 말하고 간호사는 빠른 걸음으로 병실 밖으로 나갔다. 입원한 뒤로 저 짧은 머리 간호사 외에 다른 간호사는 보지 못했다. 아마 저 사람이 내 담당인 거겠지. 그리고 얼마 지나지 않아 아침 식사가 나왔는데 먹고 난 식판도 같은 간호사가 가져갔다.

아침 식사를 마치고 얼마쯤 지나 미야무로 선생님이 회진하러 왔다. 이제야 감이 오는데 미야무로 선생님은 정형외과 의사인 것 같다. 내 다리 상태를 보더니 이렇게 물었다.

"붓기도 열도 있군요. 통증은?"

통증 유무는 간호사에게 말했지만 정보가 반드시 신속하게 공유된다는 법은 없는 모양이다. 아프다고 전하자 미야무로 선생님은 고개를 끄덕였다.

"오늘부터 진통제는 링거 투여를 중단하고 내복약으로 처방하겠습니다. 통증이 심할 때 먹어요. 나중에 붕대로 상처를 감아드리지요. 달리 불안한 점은?"

잘 모르겠지만 나중에 감겠다는 말은 지금은 붕대를 감아두지 않았다는 뜻일까? 그 점이 불안했지만 '그렇습니다'라는 대답을 들으면 무서울 것 같아 굳이 물어보지 않았다. 선생님은 "빨리 퇴원할 수 있도록 노력합시다"라고 했다.

재활 훈련은 오전에 했다.

물리치료사는 레슬러처럼 체격이 좋은 남자로 "마부치"라고 적힌 이름표를 달고 있었다. 생김새도 우악스럽고 목소리도 굵어서 박력이 있었지만 마부치 씨는 무척 친절했다.

"고바토 학생은 젊어서 근육이 빠지는 속도는 느리지만, 계속 누워 있으면 생각보다 빨리 근력이 떨어져요. 머리 쪽 경과 관찰 때문에 하루 늦게 시작했지만 고관절 가동 범위도 지금부터 넓혀두지 않으면 뼈가 붙어도 마음대로 걷지 못하는 경우가 있으니 노력합시다."

그렇다는 말은 보통은 수술 이튿날부터 재활 훈련을 한다는 것이다.

재활 훈련이라고 하니 아프고 힘든 운동을 생각했는데, 마부치 씨가 시키는 재활 훈련은 굳이 따지자면 스트레칭에 가까웠다. 다치지 않은 왼쪽 다리를 빙글빙글 돌리는 정도로 운동량은 거의 없는 수준이었다. 아마 내 오른쪽 다리가 아파서 힘든 운동을 할 수 있는 상태가 아니기 때문이리라.

침대에서 움직이지 못해서 재활 훈련도 침대 위에서 했다. 이 상태가 며칠이나 계속될까? 물어보니 마부치 씨는 날씨 얘기라도 하듯 가볍게 대답했다.

"그건 정형외과 선생님이 판단할 일이죠."

일반적으로 어떤지 거듭 물어봤지만 "십 대 청소년이 넓적다리뼈 골절을 당하는 경우는 많지 않고, 개인차도 크니까 아무렇게나 대답할 수는 없는데"라고 말할 뿐이었다. 속이 탔지만 객관적으로 생각해보면 성의 있는 대답이다.

재활 훈련이 끝나니 점심 식사 때까지 할 일이 아무것도 없었다. 그저 무료한 시간이 이어져, 오사나이에게 받은 봉봉 쇼콜라를 한 알 집었다.

하루 한 알이라는 경고를 잊고 아무 생각 없이 골랐다. 상자에 들어 있을 때는 주사위 모양으로 보였지만 이렇게 집어 들어보니 정육면체가 아니라 약간 얇았다. 초콜릿 표면에 볼록하게 튀어나온 선이 있었는데 설명서에 이 선 모양으로 무슨 맛인지 알 수 있다고 했다. 내가 집어든 것은 '버닐러'인

모양이다. 바닐라를 굳이 '버닐러'라고 쓰는 건 처음 본 것 같다. 입에 넣자 향이 확 피어오르며 초콜릿이 순식간에 녹았다. 단맛과 쓴맛이 혀를 맴돌다가 이윽고 아련히 사라졌다.

남은 일곱 알을 아쉬운 마음으로 바라보았다. 다리 통증이 서서히 돌아왔지만 짧은 머리 간호사가 준 약을 먹으면 편안해진다. 창밖의 겨울 거리를 바라보는 사이 내 의식은 삼 년 전으로 돌아갔다. 손가락에 묻은 초콜릿을 티슈로 닦고 공책을 들었다.

히사카가 뺑소니 사고를 당했다는 소문은 하루 만에 감쪽같이 사라졌다.

누구도 히사카의 이름을 입에 담지 않았다. 소문을 꺼릴 이유가 있었던 게 아니라 숙덕거릴 이유가 없다는 느낌이었다. 즉, 다들 고작 하루 만에 히사카의 뺑소니 사고를 과거의 일로 받아들인 것 같았다. 전날 뺑소니범을 직접 잡겠다고 떵떵거렸던 우시오 그룹에게 수사 진척 상황을 물어보면 무슨 소리냐고 되물을지도 모른다.

히사카의 이름이 다시 언급된 것은 병원에 문병 갔던 아이들 중 한 명이 종이학을 접어주자는 이야기를 꺼냈을 때였다. 그 제안에 아이들의 반응은 실로 미묘했다. 확실히 의리로 그 정도는 하면 좋겠지만, 진심으로 하고 싶냐면 또 그렇게 굉장히 하고 싶은 건 아니라는 속마음이 망설이는 시선과 침묵에 드러나 있었다. 그중 누군가가 "하고는 싶지만 그런 건 받아도 난처하지 않을까?"라는 말을 하자 노골적으로 안도하는 분위기가 감돌았다. 종이학을 만들자는 제안은 그대로 공중분해되었고, 내가 볼 때는 그 말을 꺼낸 아이조차 거절당해 안도하는 눈치였다.

나는 당연히 조사를 이어나갔다.

먼저 사건의 목격자라는 2학년 후지데라 마코토를 찾았다. 이름으로만 보면 남자인지 여자인지 모르겠는데 뭐, 만나보면 알겠지. 우시오는 후지데라 마코토가 몇 반인지 말해주지 않았지만 이 학교는 한 학년에 반이 여섯 개뿐이니 일일이 찾아다녀도 그렇게 큰 수고는 아니다.

1교시 수업이 끝나고 2학년 1반 교실을 찾아가 가까이 있던 2학년에게 "이 반에 후지데라라는 아이 있어?"라고 물었다. 원하는 답이 돌아오지 않아 2반 교실로 가서 똑같은 질문을 하자 이번에는 "후지데라? 후지데라 마코토요? 그 녀석은 5반이에요"라는 대답을 얻을 수 있었다. 시계를 보니 쉬는 시간이 이 분밖에 남지 않아 5반은 다음 쉬는 시간에 찾아가기로 하고 교실로 돌아왔다.

3학년 교실은 전부 건물 2층에 있다. 그 2층 복도에서 체육복을 입은 무리와 마주쳤다. 어느 반이 체육 수업을 받는 모양이다. 딱히 체육을 좋아하는 건 아니겠지만 체육복 무리는 다들 표정이 밝았다.

그중 네 명쯤 되는 여학생들이 나란히 서서 복도를 걸어와, 나는 창가에 붙어서 피했다. 그리고 교실로 서둘러 돌아가려고 발을 내딛는데 뒤늦게 온 자그마한 여학생과 부딪칠 뻔하는 바람에 반사적으로 "아, 미안" 하고 사과했다.

2교시 영어 시간에 'quickly'라는 단어를 배웠다. 수업이 끝나고 서둘러 2학년 5반으로 향했지만 다음 수업을 다른 교실에서 하는지 학생들이 차례로 반을 빠져나갔다. 설령 후지데라 마코토를 찾아내도 이야기를 들을 여유가 없을 것 같아 일단 물러났다. 그다음 수업은 우리 반이 교실을 이동해야 했기 때문에 마음대로 움직일 수 없었고, 결국 점심시간이 되어서야 목적을 달성할 수 있었다.

2학년 5반 교실 입구에서 근처에 있던 학생에게 후지데라의 자리를 물어보았다. 그 2학년생은 딱히 의심하지도 않고 교실 안을 향해 크게 소리쳤다.

"후지! 선배가 찾는다!"

후지데라 마코토의 성별은 아직 알 수 없었다. 어느 쪽일까 생각하는 사이 입구로 다가온 후지데라 마코토는 남학생이었다. 몸집이 작고 얌전한 인상의 후지데라는 나를 보고 수상쩍어하는 표정을 노골적으로 지었다.

"어…… 선배님?"

누구냐고 묻고 싶었겠지만 옷깃의 교표를 보고 내가 3학년인 걸 알고는 일단 예의 바른 표현을 쓴 것 같았다. 나는 에둘러 묻지는 않았다.

"히사카하고 같은 반인데, 그 녀석이 뺑소니 사고를 당하는 순간을 봤다는 게 너야?"

후지데라는 한층 경계심을 드러내며 살짝 뒤로 물러나기까지 했다.

"어……."

"불편하게 할 생각은 없어. 2학년 후지데라가 현장을 봤다고 해서 확인하는 것뿐이야."

"그게…… 네, 봤어요."

후지데라는 대체 뭐가 그렇게 두려운 걸까? 선배가 불쑥 찾아오는 게 그 정도로 스트레스일까? 뭐, 어쨌거나 목격자는 찾아냈다. 냉큼 물었다.

"히사카가 차에 치인 건 몇 시쯤이었어?"

"저녁이었는데, 5시 6분쯤이었어요."

대번에 정확한 숫자가 나왔다. 수상할 정도로 정확했다.

"……용케 기억하는구나."

내가 그렇게 말하자 후지데라는 살짝 시선을 피했다.

"경찰이 물었거든요. 몇 번이나 한 이야기라 기억할 수밖에요."

"그렇구나, 힘들었겠어."

"그렇지도 않아요. 그럼 끝났나요?"

물론 끝이 아니다.

"히사카를 친 자동차를 봤지? 번호는?"

"기억 안 나요. 네 자리였던 것 같은데."*

"차종은?"

"제가 알아보는 차는 드로리안**뿐이에요."

나는 잠시 침묵했다. 나라면 어떤 차종을 분간할 수 있을지 고민했던 것이다. 프리우스하고 지프는 알아본다……. 아니, 지프가 차종이었나? 어쨌거나 히사카를 친 자동차는 아무래도 드로리안은 아니었던 모양이다.

"그럼 어떤 차였어?"

---

* 일본의 차량 번호판에서 일련지정번호는 1과 9999 사이에 있는 수를 사용하며, 네 자릿수일 경우 '00-00'과 같이 중간에 하이픈을 넣는다.

** 영화 〈백 투 더 퓨처〉에 나오는 타임머신 차량.

"작았어요. 경차였어요."

경차와 일반 차량은 크기가 아니라 배기량으로 구별한다. 신중하게 물어보았다.

"혹시 크기만 작은 일반 차량은 아니었어?"

후지데라의 대답은 명쾌했다.

"아니요. 경차였어요. 번호판이 노란색이었거든요."*

그렇다면 틀림없다.

"하지만 방금 번호는 기억 안 난다고 하지 않았어?"

"번호판 숫자를 물어보셨잖아요."

뭐, 확실히 그렇게 묻기는 했다. 내향적으로 보이지만 후지데라라는 이 소년, 은근히 보통내기가 아니다.

나는 어제 현장을 보고 타이어 폭으로 뺑소니 차량은 경차일지도 모른다고 예상했다. 그리고 지금 후지데라에게 그 자동차가 경차였다는 말을 들었다. 나는 관찰하고 추측했고, 증언이 그 추측을 뒷받침해주었다. 히사카를 친 차량이 경차였다는 것은 이제 틀림없는 사실이다.

후지데라는 물어보는 것에만 대답할 작정인지도 모른다.

* 일본에서는 자가용 중 일반 차량은 흰색 바탕에 초록색 숫자 번호판을, 경차는 노란색 바탕에 검은색 숫자 번호판을 쓴다.

그렇다면 더 물어봐야지.

"히사카를 친 건 경차였다는 말이지. 차종은 모른다고 했는데 그 외에는? 트럭이었다거나, 특징이 될 만한 스티커가 붙어 있었다거나, 번호판이 검은 바탕에 노란색 숫자였다거나, 그런 건 없었어?"

같은 노란색 번호판이라도 노란 바탕에 검은색 숫자를 쓰는 경우와 검은 바탕에 노란색 숫자를 쓰는 경우가 있는데, 검은 바탕의 번호판은 그 차량이 운송 사업용 차량임을 뜻한다. 후지데라는 이번에도 망설임이 없었다.

"그런 특징은 없었어요. 그냥 평범하게 노란 바탕에 검은색 숫자가 적혀 있었어요. 그리고 음, 박스카였고요."

"색은?"

"옅은 하늘색이었던 것 같아요."

"같다고?"

"저녁노을 때문에 색이 조금 다르게 보였을지도 모르거든요. 경찰에도 그렇게 말했어요."

나는 고개를 끄덕였다. 범인의 차량 색상은 신문 기사에는 "파란색"이라고 적혀 있었고 히사카는 "하늘색"이라고 표현했다. 옅은 하늘색이라는 건 어느 정보와도 모순되지는 않는다.

슬슬 본론으로 들어가야겠지.

"그래서 히사카가 치였을 때 말인데."

거기까지 말했을 때 누가 불쑥 끼어들었다.

"잠시만요."

2학년 교표를 단 여학생이었다. 나와 후지데라가 교실 문을 사이에 두고 이야기하고 있어서 들어가지 못했던 모양이다.

"아, 미안."

나는 그렇게 말하며 복도로 물러났다. 후지데라는 이야기를 끝내기에 좋은 기회다 싶었는지 교실 안으로 돌아가려 했다. 사건에 대해 떠올리기 싫을지도 모르지만 그렇다고 순순히 보내줄 수는 없다.

"잠깐만. 조금만 더."

후지데라는 얼굴을 찌푸리며 돌아보았다.

"히사카 선배하고 같은 반이라고 쳐요, 사건 이야기를 들어서 어쩌려고요?"

"그야 범인을 찾아내야지."

단순명료한 답을 들이대자 후지데라는 차마 대꾸할 말이 없는 듯했다. 나는 계속 말했다.

"잡을 수는 없지만 뭔가 알아내면 경찰에 연락할 수 있잖

아. 같은 반 친구가 그런 사고를 당했는데 가만히 있을 순 없어. 뺑소니를 목격한 건 후지데라 너뿐이니까 무엇을 보았는지 말해주면 좋겠어."

이번에도 거짓말은 하지 않았다.

후지데라는 고개를 숙이고 뭔가 고민하는 듯했다. 거의 넘어왔다. 뭔가 설득할 재료가 없나 생각하는 사이 결심을 했는지 후지데라가 입을 열었다.

"알겠어요. 하지만 얘기할 게 그렇게 많지는 않아요. 저는 동아리 활동이 끝나고 집으로 돌아가는 중이었어요. 히사카 선배가 몇 걸음 앞에서 걷는 건 알고 있었어요. 특별히 이상한 점은 없었어요. 평소처럼 차들이 제방도로를 달렸고……. 저는 발밑을 보며 걷고 있었는데 갑자기 자동차 한 대가 요란하게 브레이크 밟는 소리를 내길래 고개를 들어보니 히사카 선배가 막 차에 치이는 순간이었어요. 자동차는 잠깐 멈췄다가 바로 달아나버렸고요."

후지데라는 입을 다물었다. 역시 자발적으로 미주알고주알 이야기하고 싶지는 않은 눈치다. 그렇다면 대답을 끌어내면 그만이다.

"운전자 얼굴은 봤어?"

놀랍게도 후지데라는 고개를 끄덕였다.

"봤어요."

"어…… 어떤 사람이었어?"

동요해서 더듬거리는 내게 대답하는 후지데라의 말투는 떨떠름했다.

"색이 옅은 오렌지색 선글라스를 쓰고 있었어요. 인상에 남아 있는 건 그것뿐이고, 다른 건 모르겠어요. 순간 남자라고 생각했으니 머리가 짧았던 것 같아요."

"말꼬리를 잡으려는 건 아니지만 머리가 짧은 여자였을 가능성은?"

"물론 있어요."

사건 당시 위치 관계를 생각해보았다. 후지데라 앞에서 걸어가던 히사카가 정면으로 차에 치였다면, 후지데라가 운전석을 볼 수 있었던 것은 전혀 이상하지 않다. 선글라스라는 명확한 특징에만 눈이 가서 다른 인상이 흐릿한 것도 이해가 간다. 하지만 그렇다고 해도 아쉽다. 후지데라에게서 뭔가 더 끌어낼 수는 없을까?

"조수석이나 뒷좌석에 다른 사람은 없었어?"

"기억이 안 나요."

"키나 체격은 어때? 뚱뚱하다거나 말랐다거나."

후지데라는 답답하다는 듯이 손을 저었다.

"그러니까 기억이 안 난다고요. 퍼뜩 보고 남자라고 생각했으니 덩치가 작지는 않았을 거예요. 경찰도 자꾸 캐물었지만 그것밖에 기억해내지 못했으니까……. 그만 물어보세요."

후지데라는 정말 싫어하는 기색이었다. 범인에 대해 그 이상 알아낼 수는 없을 것 같았다. 질문의 방향을 바꾸었다.

"히사카는 하류 쪽으로 걸어가고 있었다고 들었어. 그리고 너도 그랬지. 틀림없니?"

"맞아요."

"너는 매일 그 길로 하교해?"

"아니요, 우연이었어요. 할머니 집…… 할머니 댁에 저녁을 먹으러 가게 되었는데, 그 길밖에 모르거든요."

할머니 댁에서 저녁을 먹게 된 이유까지는 물을 필요 없겠지.

"히사카하고는 거리가 얼마나 떨어져 있었어?"

이 역시 경찰에게 들은 질문이었는지 후지데라는 고민하는 시늉도 하지 않았다.

"30미터 내지 40미터 정도요."

"제법 떨어져 있었네."

"그렇죠."

말로는 하지 않았지만 그러면 안 되느냐고 따지는 것 같아 조금 민망했다. 질문을 바꾸었다.

"자동차가 달아난 방향은?"

"저희가 가는 방향하고 반대쪽이었으니 강 상류, 북쪽이에요."

히사카는 하류 쪽으로 걸어가다가 정면에서 달려온 차에 치였으니 분명 자동차는 상류로 달려간 셈이 된다.

"확인차 묻겠는데, 신고한 건 누구야?"

"히사카 선배예요. 직접 구급차를 불렀어요. 그리고 경찰에도 연락하고. 제가 신고하려 했는데 선배가 직접 해버렸어요. 저는 혹시나 선배를 친 차가 돌아올지도 모른다는 생각에 도로를 보고 있었고요."

신문에는 히사카가 구급차만 부른 것으로 나와 있었다. 실제로는 구급차에 이어 경찰에도 히사카가 직접 신고한 모양이다.

"그래서 구급차가 왔구나."

"네. 구급대원이 선배를 들것에 옮기는 동안 경찰차가 몇 대나 왔어요. 경찰은 이송을 잠깐 멈춰달라고 하고, 구급대원은 현장에서 유턴을 해도 되느냐고 묻고, 뭔가 옥신각신하더니 결국 둘 다 어렵다고 결론 내리더니 그대로 선배를 태우고 떠났어요."

그렇다는 것은 현장에는 후지데라만 남았다는 뜻이다.

"경찰이 많이 물어봤겠네."

그때의 일을 떠올렸는지, 후지데라가 조금 불쾌한 표정을 지었다.

"뭐…… 물어봤죠. 이것저것."

"좋겠다."

사정 청취라니, 왠지 멋지다.

"좋기는요, 전혀 아니에요. 왠지 무섭기만 하고."

뭐, 본인이 그렇게 생각하는 건 당연하다. 이건 내가 눈치가 없었다.

"그래서 한참 그 자리에 있었겠네. 십 분 정도?"

"더 있었어요. 처음 도착한 경찰차 다음으로 무슨 작업복 같은 걸 입은 사람들이 오더니 도로에 찰싹 들러붙어서 조사하기 시작했는데, 그동안 계속 빙치되어서…… 결국 삼십 분 정도는 남아 있었어요."

"……도로에 찰싹 들러붙어 있었다니, 그 사람들은 차에 안 치이나?"

후지데라가 어이없다는 표정으로 쳐다보았다.

"당연히 차는 막았죠. 한 쪽씩 번갈아 보내면서요."

"어, 그럼 출입 금지 테이프 같은 것도 쳤어?"

"뭐, 그랬죠."

나도 보고 싶었다고 하면 또 눈치 없는 사람이 될 것 같아 말을 삼켰다.

이것으로 사고 정황은 대충 알아냈다. 한 가지만 빼고.

"자세히 이야기해줘서 고마워. 하나만 더, 혹시 몰라서 물어보고 싶은데."

"뭔데요?"

후지데라는 어딘가 안절부절못하는 기색으로 미묘하게 두리번거렸다. 점심시간이 끝날까 봐 걱정하는 건지도 모른다.

"그렇게 긴장하지 않아도 돼, 간단한 질문이니까. 히사카는 혼자 있었지?"

후지데라는 조금 딱딱한 미소를 지었다.

"상관없을지도 모르지만, 아니, 상관없겠지만 히사카 선배와 제 사이로 끼어들 듯이 계단에서 제방으로 올라온 여학생이 있긴 했어요. 우리 학교 교복을 입고 있었어요."

"여학생이라고!"

내 뇌리에 현장에서 발견한 단어장이 되살아났다. 나는 직감했다. 그 단어장의 주인이다.

"우리 학교 교복이 틀림없는 거지? 그 애는 어떻게 됐어?"

내 기세에 주눅이 들었는지 후지데라가 우물거렸다.

"그게…… 사고를 내고 달아나는 하늘색 차를 피하려다가 제방도로에서 굴러떨어졌어요."

"굴러떨어져?"

하늘색 자동차는 히사카를 치고, 수수께끼의 소녀를 제방도로에서 굴러떨어지게 만들고, 후지데라 옆을 지나 상류 쪽으로 달아났다. ……그 소녀는 뺑소니 사건의 피해자다!

이럴 수가. 나는 드러나지 않은 피해자의 유류품을 발견한 건가? 설마 이 정도로 큰 성과를 거둘 줄은 예상하지 못했다.

"그 아이에 대해서는 당연히 경찰에 말했겠지?"

후지데라가 작게 끄덕거렸다. 그제야 한 가지 이해가 갔다. 어제 히사카의 사고에 대해 말할 때 담임 선생님이 목격자는 손을 들라고 했다. 다시 말해 후지데라 말고도 그 사고에 얽힌 학생이 이 학교에 있음을 경찰이 알고 있고, 그 학생을 찾으려고 학교에 협조를 요청한 것이리라.

"그래서, 그다음에는? 그 아이는 다치진 않았어?"

후지데라가 별안간 머리를 감쌌다. 생각해보면 후지데라의 태도는 처음부터 조금 이상했다. 단순히 사건을 떠올리기 싫은 게 아니라 뭔가 말하기 싫은 기색이었다. 그런 후지데라가 힘겹게 말했다.

“모르겠어요. 사라졌어요. 차에 치인 히사카 선배에게 달려가서 구급차를 부르려는데 선배가 전부 직접 해서. 뒤늦게 또 한 사람, 여자아이가 제방에서 떨어진 걸 떠올리고 보러 갔는데 이미 아무도 없었어요. 사실은…… 더 빨리 확인하러 갔어야 했는데.”

나는 생각했다. 후지데라는 그 소녀를 구하러 가지 않았다는 사실에 죄책감을 느끼는 게 아닐까? 그것이 후지데라의 개운치 않은 태도의 이유가 아닐까?

“그 아이에 대해 기억나는 건?”

후지데라가 고개를 가로저었다.

“계단을 올라와서 제 쪽으로 걸어왔으니 얼굴을 보기는 했는데, 처음 보는 얼굴이었어요. 같은 학년이라면 알 테니 아마 1학년일 거예요.”

이어서 후지데라는 힘없이 말했다.

“이제 됐죠? 점심시간도 끝나가니 저도 수업 준비를 해야 해서.”

“……그래, 됐어. 고마워. 미안해, 귀찮게 해서.”

후지데라가 살짝 고개를 숙이고 교실 안으로 돌아갔다. 교실 벽에 걸린 시계를 보니 점심시간은 일 분 남았다.

나는 제한 시간 안에 궁금했던 것을 전부 물어보았다. 실로 유익한 점심시간이었다고 할 수 있었다.

방과 후, 돌아갈 채비를 하며 생각했다.

나는 현장을 조사하고, 피해자를 만났고, 목격자도 만났다. 다음으로 무엇을 해야 할까? 히사카를 치고 간 유일한 차량을(히사카를 친 자동차가 두 대 이상이었다고 후지데라가 말하지 않았으므로 당연한 소리지만) 이 동네에서 찾아내, 선글라스를 쓴 그자를 경찰 앞으로 끌고 가려면? 막막해 보이지만 나는 이미 몇 가지 단서를 찾아냈고, 앞으로도 분명 무언가를 찾을 수 있을 것이다. 그러기 위해서 이다음엔 어떤 방법을 써야 할까?

일단 떠오르는 방법은 당연히 단어장을 떨어뜨린 여학생을 찾아내는 일이다.

위치 관계를 다시 생각해보았다. 사고가 나기 전, 제방 위 인도에서는 후지데라가 히사카 뒤쪽에서 걷고 있었다. 그때 두 사람 사이에 끼어들듯 수수께끼의 소녀가 제방에 올라왔고, 그들과는 반대 방향으로 걸어가기 시작했다.

수수께끼의 소녀는 사고 직후 달아나려는 자동차에 치일 뻔했을 것이다. 그렇다면 그 소녀는 문제의 자동차를 아주 가까이서 봤을지도 모른다.

후지데라의 말에 따르면 그 소녀는 우리 학교 교복을 입고 있었다고 했다.

또 후지데라는 그 소녀가 1학년일지도 모른다고 했지만, 현장에서는 중학교 3학년이 배우는 단어를 적은 단어장이 발견되었다. 여기서는 물증을 중시해야겠지. 그 소녀를 찾아낼 수는 있을까? 거기까지 생각하던 나는 문득 가방에 교과서를 집어넣던 손길을 멈추었다.

히사카의 뺑소니 사건에 대한 소문은 이미 잠잠해졌다. 하지만 그것은 오늘 일이고, 어제는 상당히 화제였다. 그 소문으로 반 전체가, 학교 전체가 난리였다고 해도 과언이 아니다. 그런 가운데 히사카뿐만 아니라 그 소녀도 차에 치일 뻔했다는 이야기가 나오지 않은 이유는 무엇일까?

두 가지 가설을 세울 수 있다.

그런 소문은 오갔지만 내 귀에 들어오지 않았다. 여학생과 남학생이 공유하는 정보의 범위에 차이가 있다는 현실은 인정해야 한다. 차에 치일 뻔한 여학생의 이야기는 그들 사이에서 퍼지는 데 그쳐서, 남학생인 나는 그 소문을 몰랐던 게 아닐까?

있을 법한 일이다. 그리고 또 한 가지, 다른 가능성도 생각해볼 수 있다.

소문이 전혀 돌지 않았던 게 아닐까? 어떻게 그렇게 되었을까? 가장 단순한 답은 후지데라가 거짓말을 했을 가능성이다. 차에 치일 뻔한 소녀가 존재하지 않았다고 하면 그런 소문이 돌지 않은 것도 당연하다. 하지만 만약 그렇다면 단어장이 제방도로 밑에 떨어져 있던 것은 단순한 우연이 되고, 학교 측이 사고 목격자를 찾았던 것도 깊은 의미는 없다는 뜻이 된다.

어쩌면 수수께끼의 소녀는 자기도 차에 치일 뻔했다는 사실을 아무에게도 털어놓지 않은 게 아닐까?

뺑소니 현장에 있었던 사람은 히사카, 후지데라, 수수께끼의 소녀, 그리고 뺑소니범 네 명뿐이다. 범인의 차에 운전자 한 사람만 타고 있었다는 보장은 없지만 그 부분은 일단 혼자였다고 가정하자. 수수께끼의 소녀가 차에 치일 뻔한 것은 히사카가 치인 직후니까, 히사카가 소녀의 존재를 모른다 해도 이상한 점은 없다. 내 예상이 맞다면 후지데라는 소녀를 구하지 못한 것을 미안하게 여기고 있으니 소녀에 대해 언급하지 않는 것은 오히려 자연스럽다고 볼 수 있다. 범인은 말할 것도 없고. 다시 말해 수수께끼의 소녀가 직접 "나도 차에 치일 뻔하는 바람에 제방도로에서 굴러떨어졌어!"라고 떠들어대지 않는 한 다른 사람이 그 사실을 알 길은 없다.

만약 이 가설이 맞다면, 수수께끼의 소녀는 어째서 입을 다문 것일까? 단순히 눈에 띄기 싫었던 걸까? 학교 안에서 그녀를 보는 시선이 곱지 않아서 크게 떠들 처지가 아니었을까? 아니면…… 전혀 다른 이유가 있을까?

집에 가져가야 할 물건은 가방에 다 넣었다. 교실을 나서려는 내게 우시오 그룹이 싸늘한 시선을 던졌다. 그들이 뭔가 말하지 않으니 나도 아무런 말을 할 필요가 없다.

학교를 나가기 전에 도서실에 들러야겠다. 한 가지 확인할 문제가 있다.

방과 후 도서실은 적당히 자리가 차 있었다. 기말시험은 아직 멀었지만 공책을 펼치고 공부하는 학생이 많다. 나는 접수처로 가서 한가해 보이는 도서부원에게 물었다.

"자동차에 관한 책은 어디 있어?"

교표로 보아 2학년으로 보이는 도서부원은 귀찮아 죽겠다는 듯이 대답했다.

"자동차 책요? 그런 건 없는 것 같은데."

없을 리 없으니 직접 찾기로 했다.

책장 옆면에 분류법을 기입한 종이가 붙어 있다. 그에 따르면 500번대가 '기술·공학'에 관한 책이고, 600번대가 '산업'이라고 한다. 산업 선반에는 자동차 산업에 대한 책이 있을 것 같지만 지금 찾는 것은 도요타의 생산 방식에 관한 책이 아니므로 500번대 책이 꽂혀 있는 선반으로 발길을 돌렸다.

나는 도서관을 그리 자주 이용하는 편은 아니다. 이곳에서 책을 찾기는 처음일지도 모른다. 도서실은 조용했고 책장 사이는 좁고 어두웠다. 500번대 책은 그리 많지 않았다. '기술·공학' 관련 도서가 필요한 중학생은 별로 없을 테니 어쩔 수 없는 일이다. 그중에 『누구나 쉽게 배우는 엔진 입문』이라는 책이 있었다. 등표지에 붙은 라벨에는 533이라는 숫자가 적혀 있다. 그 옆에는 『자전거 손질 하나부터 열까지』라는 책도 있었다. 조금씩 다가가고 있는 느낌이다.

"이 부근에 있을 것 같은데."

그렇게 중얼거리면서 책장 아래쪽을 보려고 몸을 숙였다가 발견했다. 『드라마틱 완전정복 풀 컬러 완벽 해설: 자동차의 메커니즘』이라는, 대단히 인상적인 제목의 책이 있었다. 일단 선반에서 꺼내고 몸을 일으켰다.

제목처럼 본문이 전부 컬러로 인쇄된 도서였다. 사진과 그림도 많아서 자동차에 관심 있는 중학생에게는 훌륭한 참고가 될 게 분명했다. 나는 차례에서 '브레이크' 항목을 찾았다.

자동차 브레이크에는 디스크브레이크와 드럼브레이크 두 가지 방식이 있다. 다만 드럼브레이크는 그 구조상 열이 맺히기 쉬워, 과열되면 급격히 성능이 떨어지는 경우(페이드 현상)가 있으므로 현재는 디스크브레이크가 일반적이다.

디스크브레이크와 드럼브레이크가 각각 어떤 방식으로 자동차를 세우는지를 설명한 간단한 그림도 실려 있었다. 본문을 통해 디스크브레이크는 원래 항공기에서 사용하던 장치라는 것도 알 수 있었다. 자동차 분야에서는 레이싱 카에서 먼저 채용했고, 그후 점차 승용차에 사용하기 시작한 모양이다. 재미있는 이야기였지만 내가 알고 싶은 내용은 좀처럼 나오지 않았다. 계속 읽었다.

이러한 브레이크 시스템은 다리 힘으로 작동시킨다. 때문에 이를 '풋브레이크'라고 부른다. 적은 힘으로 큰 제동력을 얻기 위해 최근의 자동차는 대부분 제동 배력 장치를 채택하고 있다. 진공 배력 장치가 흔하지만 그 외에도 유압식, 공압식 등이 있다. 브레이크는 네 개의 타이어에 각각 붙어 있다.

"이거다."

나는 목소리를 더 낮춰 중얼거렸다.

현장에는 네 개의 타이어 자국이 남아 있었다. 처음에 나는 그게 당연하다고 생각했지만 나중에 의문을 느꼈다. ABS가 탑재되지 않은 사륜 자동차가 급브레이크를 밟았을 때, 타이어 자국이 네 개 남는 게 당연한 건지 몰랐던 것이다.

단지 자동차를 세울 뿐이라면 앞바퀴나 뒷바퀴 중 한쪽에만 브레이크를 걸어도 충분하다. 그리고 만약 브레이크가 앞뒤 중 한쪽에만 작용할 경우, 지면에 남는 타이어 자국은 두 줄이어야 한다. 타이어 자국이 네 줄 남는, 즉 네 개의 타이어에 전부 브레이크가 장착되어 있는 자동차가 소수라면 범인의 차종을 좁힐 수 있는 대단히 큰 단서가 된다.

하지만 이 『드라마틱 완전정복 풀 컬러 완벽 해설: 자동차의 메커니즘』에 따르면 브레이크 장치는 타이어 네 개에 전부 붙어 있다고 한다. 타이어 자국이 몇 줄인지로 차종을 알아낼 수 있을지 모른다는 내 생각은 아무래도 빗나간 것 같다. 뭐, 이런 일도 있지. 할 수 있는 일을 차근차근 하다보면 가끔은 빗나갈 때도 있을 테고, 그러다 성공할 때도 있을 것이다. 어스름 속에서 책을 덮었다.

……시야 한구석에 뭔가 위화감이 느껴졌다.

뭔가 있다……. 아니, 누군가 있다.

나는 두 손바닥 사이에 책을 끼우고 주위를 살폈다.

책장 사이 좁은 공간, 바로 내 뒤에 사람이 있었다. 검은색에 가까운 짙은 남색 겨울 교복을 입고, 키가 나보다 머리 절반쯤 작고 앞머리를 가지런히 자른 여학생이다.

본 적 있는 얼굴이다. 3학년이다. 어째서, 내 뒤에?

여기는 도서실이다. 책을 찾으러 온 걸까? 500번대, 기술·공학 책을? 물론 그런 경우가 있어도 이상하지는 않다. 누가 어떤 책을 읽든 자유니까. 다만 뭔가 마음에 걸렸다. 이 여학생은 어째서 겨울 교복을 입고 있을까? 벌써 6월이라 다들 흰색 여름 교복을 입는다. 개인 취향에 따라 겨울 교복을 계속 입어도 된다는 규칙은 없다. 누구에게 야단을 맞아도 고수할 정도로 이 여학생은 겨울 교복을 사랑하는 걸까?

어쩌면 내 발상이 근본부터 잘못되었는지도 모른다.

이 여학생은 일부러 겨울 교복을 입은 게 아니라, 오늘은 겨울 교복밖에 입을 수 없었던 건지도 모른다.

이유는?

여름 교복이 더러워져서. 지금 갖고 있는 여름 교복을 전부 빨았거나 세탁소에 맡기는 바람에, 학교의 양해를 얻어 어쩔 수 없이 겨울 교복을 입었다. 그런 게 아닐까?

그렇다면 어째서 여름 교복이 더러워졌을까? ……가령 비가 그친 제방도로에서 굴러떨어져, 웅덩이 위로 넘어졌다거나?

이 결론에 도달하기까지 삼 초가 걸렸다. 그사이 여학생은 시선을 들어 나를 쳐다보며 잠자코 있었다. 내가 말하기를 기다리는 걸까? 어쩌면 내가 갑자기 돌아봐서 깜짝 놀랐는지도 모른다.

어느 쪽이든 먼저 입을 연 건 나였다.

"차에 치일 뻔한 여학생?"

그 아이는 조금 퉁명스러운 표정을 지었다.

"그건 내 이름이 아니야."

"그렇지만 네 이름을 모르는걸."

우리는 서로 너무 가깝게 서 있었다. 그 여학생이 조금 뒤로 물러나 우리 사이에 적절한 거리를 만들었다.

"오사나이 유키야. 3학년 4반."

자기소개를 하다니. 한발 늦었지만 나도 이름을 밝혔다.

"난 고바토 조고로. 3학년 1반."

오사나이라는 여학생은 작게 끄덕였다. 지금 들어서 이름을 알았다는 뜻일까, 아니면 전부터 알고 있었다는 뜻일까?

짧은 침묵 끝에 내가 물었다.

"그래서 나한테 무슨 볼일이라도?"

오사나이는 고개를 가로젓더니 내가 손에 들고 있는 책을 가리켰다.

"볼일이 있는 건 그 책."

"이거? 『드라마틱 완전정복 풀 컬러 완벽 해설: 자동차의 메커니즘』?"

"응."

그때 나는 무언가를 직감했다.

"이 책이 왜 필요해?"

오사나이는 너하고는 상관없는 일이라고 말하지 않았다. 오히려 내가 그렇게 물을 줄 예상했다는 듯이 대답했다.

"나를 칠 뻔한 차가 타이어 자국을 네 줄 남겼는데, 그게 일반적인지 알아보려고."

나는 생각했다. 그렇다면 답을 알려줄 수 있다.

어둠 속에서 눈을 떴다.

언제 잠들었는지 떠올려보려 했다. 저녁 식사는 한 기억이 난다. 메인 반찬은 간장과 생강으로 양념해 구운 돼지고기였다. 저녁 식사를 하고 시키는 대로 물을 마시고, 간호사의 도움을 받아 양치질을 하고…… 그리고 언제 잠들었을까? 저녁 식사는 오후 6시쯤 시작하는데 지금 바깥은 약간 밝았다. 그렇다면 열 시간 넘게 잔 모양이다. 너무 오래 자서 그런지 머리가 조금 멍했다. 움직임을 금지당한 몸이 불만을 호소하며 삐걱거렸다. 나는 의사의 지시를 아주 조금 어기고 몸을 꿈지럭거렸다.

그렇다. 저녁 식사 전에 나는 삼 년 전 일을 되짚어보고 있었다. 히사카의 사고…… 그리고 오사나이와 처음 만났던 날을. 우리는 방과 후 도서실에서 만났고, 서로의 목적을 알게 되었다.

우리는 정말 만날 운명이었을까?

함께 있어서 가능했던 일도 있었다. 우리는 서로를 이용하고, 때로는 멀어졌다가, 때로는 원래대로 돌아와서 고등학교 생활을 보냈다. 하지만 만약 방과 후 그날, 도서실에서 오사나이를 만나지 않았더라면…… 나는 분명 내 실패에 좌절한 채로 지냈을 것이다. 그러는 게 나았던 건 아닐까?

문득 상큼한 감귤향이 느껴졌다.

머리맡에 뭔가 있다. 나는 어둠 속을 더듬어 향기의 출처를 찾았다.

손은 곧 둥그스름한 과일을 찾아냈다. 둥글지만 꼭지가 볼록 튀어나와 있다. 한라봉일까?

그 귤 밑에 작은 봉투가 깔려 있었다. 나는 그 봉투를 열어, 역시나 안에 들어 있는 작은 메시지 카드를 꺼냈다. 밖에서 비쳐드는 희미한 빛에 의지해 어둠에 익은 눈으로 거기에 적힌 글자를 읽었다.

선물이야.

맛있어.

오사나이

몹시 간결했다. 맛있는 귤이란다. 날이 밝으면 먹어보자…… 내 갈비뼈가 귤껍질을 벗기는 작업을 견딜 수 있어야 할 텐데.

나는 카드를 뒤집어보았다. 한마디 더 적혀 있었다.

카메라를 찾아보고 있어.

그 말이 무엇을 뜻하는지 나는 안다. 삼 년 전에도 우리는 카메라를, 정확히 말하면 방범 카메라를 찾았다. 그 영상 데이터는, 그렇다. 오사나이가 입수한 것이었다.

회상에 젖기에 지금의 나는 너무 졸렸다. 이 상큼한 귤 향기가 평온한 잠과 꿈을 가져다주기를 소망했다.

제4장

고바토와 오사나이

연어구이가 반찬으로 나온 아침 식사를 마치고 디저트 대신 한라봉을 먹었다. 짧은 머리 간호사는 "영양을 계산한 식사니까 과일은 자제하세요"라며 떨떠름한 표정을 지었지만 오사나이의 문병 선물은 그런 제지로 무시할 수 있을 정도로 만만하지 않았다. 아주 달았다.

껍질은 우려했던 것보다 훨씬 벗기기 쉬워서 갈비뼈에 거의 부담이 가지 않았다. 한라봉은…… 혀에서 살살 녹는 맛이었다. 한 조각, 또 한 조각, 입으로 가져가는 손길을 멈출 수가 없었다. 나는 오사나이가 달콤한 디저트를 좋아하지만 그저 달기만 한 과일은 그리 환영하지 않는다고 생각했다. 귤이라면 조금은 귤에 어울리는 신맛이 있는 게 오사나이의 취향에 맞는다고 생각했다. 하지만 이 한라봉은 한없이 달았다. 지금 내게는 그저 한없이 달콤한 과일이 좋겠다고 생각한 걸까? 그렇다면 그 예상은 정확했다. 어제의 봉봉 쇼콜라도 그렇고, 이 한라봉도 그렇고, 이대로 가다간 혀가 사치스러워진다.

오사나이에게 고맙다는 인사를 하고 싶었지만 휴대전화는 망가진 상태고 새 기기를 손에 넣을 수단이 없었다. 새 기기를 사려면 판매 대리점에 본인이 직접 가야 한다. 병원 침대에 도로를 달리는 기능이 있다면 얼마든지 찾아가겠지만, 아무래도 그런 것 같지는 않으니 당분간 연락 수단은 전혀 없는 상태다.

이른 오전 시간에 미야무로 선생님이 상태를 보러 왔다. 수술 후 경과는 좋지도 나쁘지도 않은 모양이다. 다리 통증은 계속 있었지만 조금 아린 정도다.

"오른쪽 다리에 큰 부담을 주는 행동은 아직 하지 말아요. 하지만 몸을 조금 움직이는 정도는 문제없어요."

하늘로 날아오를 듯한 기분이었다! 입원한 이래로 가장 힘든 일을 꼽으라면 몸을 움직이지 못하는 것이었기 때문이다. 나는 무심코 큰 소리로 외쳤다.

"고맙습니다!"

목소리가 쩌렁쩌렁 울려서 갈비뼈까지 욱신거렸지만 나는 아랑곳없이 이어서 물었다.

"휠체어는 쓸 수 있나요?"

대답은 간결하고도 무정했다.

"아직 안 돼요."

미야무로 선생님의 허가가 나와서 마부치 씨 재활 훈련 프로그램에 오른쪽 다리가 추가되었다. 그래봤자 일단은 오른쪽 무릎을 굽혔다 펴는 스트레칭부터다. 그렇게 약한 운동으로 괜찮은가 싶었는데, 이게 의외로 힘들었다. 내가 충격을 받은 것을 알아차렸는지 마부치 씨는 다정하게 말해주었다.

"젊으니까 재활 훈련을 열심히 하면 분명 몸이 응해줄 거예요."

나는 그 말을 믿었다. 믿는 수밖에 없었다.

뇌에는 문제가 없었는지, 내 인지능력을 확인한 와쿠라 선생님은 그후 다시 찾아오지 않았다. 기쁜 일이다.

……이윽고 병실에서 다들 나가고, 한차례 청소 작업을 끝으로 공허한 시간이 찾아왔다. 의식은 차츰 삼 년 전으로 돌아갔다.

나는 딱히 남과 금방 친해지는 타입이 아니다.

오히려 누구에게나 자연스레 벽을 치는 면이 있다. 그후

알게 된 일이지만 그것은 오사나이도 마찬가지였다. 오사나이도 상대가 누구든 적당히 어울리기는 하지만, 진짜로 마음을 여는 일은 드물다.

그런데 삼 년 전, 그날 방과 후 도서실에서 우리는 훗날 생각하면 기묘하리만치 솔직하게 서로의 목적을 털어놓았다. 어째서 그랬는지 지금도 이유는 모른다.

한라봉에 이어서 오늘의 봉봉 쇼콜라를 먹었다. 오늘 먹은 건 카리브산 카카오를 사용했다고 한다. 쌉쌀한 맛이 한라봉으로 달착지근해진 입안을 편안하게 해주었다. 나는 펜 뚜껑을 열었다.

오사나이는 그 자동차 운전자를 용서할 수 없다고 했다.

사건 당일, 범인은 자동차 브레이크를 힘껏 밟았지만 그럼에도 차를 세우지 못해 히사카를 치고 말았다. 오사나이는 몇 미터 떨어진 곳에서 뒤를 돌아보고 큰 사고가 났다고 생각해 히사카에게 달려가려 했다. 그때 자동차가 움직이기 시작했다는 것이다.

"사고는 말이야."

오사나이가 말했다.

"어쩔 수 없는 일이라고 하지는 않겠지만, 일어나는 법이야. 하지만 그 자동차 운전자는 자기가 친 상대를 보고도 전방을 향해 가속 페달을 밟았어. 거기에 내가 있다는 걸 알았을 거야. 확실해, 그 사람 선글라스 너머로 눈이 마주쳤는걸."

그런데도 히사카를 친 운전자는 가속 페달에서 발을 떼지 않았다. 핸들을 틀어 오사나이를 피하려는 시늉조차 하지 않았다.

"내가 무사했던 건 스스로 제방에서 뛰어내렸기 때문이지, 그러지 않았다면 차에 치였어. 그 순간, 운전자는 자기를 지킬 수 있다면 나를 죽여도 상관없다고 생각한 거야. 나…… 무서웠어. 난 그 운전자가 누군지 알고 싶어. 알아내고, 그런 다음."

한 박자 쉬었다가 오사나이가 뒷말을 이었다.

"속죄하게 해야지."

오사나이는 범죄는 적발되어야 한다거나, 다른 피해자가 나오기 전에 범인을 막아야 한다거나, 히사카의 억울함을 풀어줘야 한다는 말은 한마디도 하지 않았다. 자기를 해치려 들고 공포를 안겨준 운전자가 받아 마땅한 보복, 치러야 할 대가만 이야기했다.

나 역시 본성을 감추지 않았다. 솔직하게 말해도 오사나이가 나를 경멸하지 않을 거라고 생각했던 걸까? ……아니, 오히려 그런 걸로 경멸해도 별로 상관없다고 생각했으리라.

"나는 같은 반 히사카를 친 범인을 알아내고 싶어."

오사나이는 말없이 고갯짓으로 뒷말을 재촉했다.

"아마 나는 할 수 있을 거야. 어쩌면 경찰보다 빨리 알아낼 수 있을지도 몰라. 정말 그런지 시험해보고 싶고, 내가 어디까지 할 수 있는지 궁금해."

오사나이는 나를 뚫어져라 쳐다보다가 살짝 입가를 누그러뜨렸다.

"반 친구의 복수가 아니라?"

"결과적으로는 그렇게 될지도 모르지만."

"여기서 내가 그건 허영심과 공명심 때문인 거라고 말한다면 어떻겠어?"

"내 이야기를 정확히 이해했다고 생각하겠지."

오사나이는 입술에 손가락을 대고 잠시 생각에 잠겼다.

"……난 혼자서 할 작정이었어. 하지만 혼자서 하는 데 한계도 느끼고 있었지. 너…… 고바토는 어때?"

"혼자서 해야만 의미가 있다고 생각하지는 않아."

"다시 말해 마지막에 나를 제치면 된다고 생각하는구나."

나는 태연한 표정을 짓고 있었을지 모르지만 내심 조금 재미있어하고 있었다. 오사나이와 나 사이에 공통점을 느꼈던 것이다. 우리는 서로 닮은 꼴에 혐오감을 느낄 정도로 비슷하지는 않다. 하지만 같은 취향을 가졌다는 느낌을 받을 정도로는…… 아니, 그보다는 동병상련이라 할 만큼은 비슷한 구석이 있다.

실제로 히사카의 뺑소니 사건을 수사하려 해도 이다음 수단을 결정하지 못하고 있었다. 뭔가 할 수 있을 것 같다는 생각뿐이다. 그렇다면 여기서 같은 목적을 가진 특이한 동급생과 서로 협조하는 것도 나쁘지 않을 것 같다.

"서로 돕자."

그렇게 제안하자 오사나이가 고개를 갸웃거렸다.

"고바토가 나를 도와준다고? 내가 고바토를 도와줄 수 있을까?"

확실히 딱히 서로 돕는다는 느낌은 들지 않았다. 그렇다면 뭐라고 표현해야 할까?

"정보를 공유하자?"

"그것보다는 조금 더 밀접한 느낌인데. 서로 이점을 나눠 갖는다고나 할까……."

"그렇다면 가령…… 호혜 관계를 맺는다거나?"

오사나이가 미소를 지었다.

"이상한 어휘네."

"마음에 안 들어?"

"아니, 그 반대. 굉장히 마음에 들어. 그럼 고바토, 정식으로 말할게. 나하고 호혜 관계를 맺지 않겠어?"

"기꺼이."

악수를 나누었으면 좋았을지도 모른다. 하지만 우리가 나눈 것은 서로를 어디까지 신용할 수 있는지 가늠하는 시선뿐이었다. 손에 든 책을 선반에 돌려놓고 제안했다.

"그럼 서로 아는 정보를 말해볼까?"

"장소를 옮기는 게 좋겠어."

확실히 도서실은 서서 이야기하기에 좋은 장소라고 할 수는 없다.

"빈 교실이라도 찾을까?"

내가 그렇게 말하자 오사나이가 고개를 저었다.

"고바토. 돈 얼마나 있어?"

"……셔틀?"

"차로 가야 하는 가게에는 안 가. 조용히 이야기할 수 있는 가게가 있어."

나는 동급생들끼리 음식점에 들어가본 경험이 없었다. 기껏해야 편의점에서 음료수를 사본 정도다. 그래서 솔직히 오사나이의 제안에는 깜짝 놀랐지만 겉으로 드러내지는 않았다.

"알았어. 그럼, 가자."

"응. 교문 밖에서 기다릴게."

남들 눈에 띄는 곳에서 둘이 함께 행동하면 필연적으로 귀찮은 억측을 부른다. 오사나이의 제안은 무척이나 타당했다.

오사나이가 먼저 도서실에서 나가고, 일 분쯤 간격을 두고 나도 뒤를 따랐다. 건물 현관에서 운동화로 갈아 신고 교문으로 향했다. 오늘도 날이 참 맑았다. 짙은 하늘색을 바탕으로 계절을 조금 앞서나간 듯한 뭉게구름이 피어올라 있었다.

우리 중학교 교문은 문기둥이 벽돌로 되어 있고 교문 앞에는 이차선 도로가 있다. 길을 따라 가로수가 푸르른 잎을 잔뜩 드리웠고 여름 교복을 입은 학생들이 드문드문 문을 빠져나가 집으로 돌아갔다. 나는 좌우를 살피고 무심코 중얼거렸다.

"어라?"

방금 전 헤어진 오사나이가 보이지 않았다. 가방을 가지고 있었으니 돌아갈 채비는 마친 줄 알았는데.

놓쳤나 싶어 일단 학교 안으로 돌아왔다. 운동장에서는 육

상부와 야구부가 동아리 활동에 열을 올리고 있었고, 체육관에서는 검도부가 죽도를 휘두르는 소리가 들려왔다. 오사나이는 지금 이 학교에서 겨울 교복을 입고 있는 단 한 사람으로, 그렇게 눈에 띄는 모습을 놓칠 리는 없다. 연락처를 교환할 걸 그랬다고 생각하며 다시 교문 밖으로 나갔다.

가로수 그늘 밑에서 오사나이가 왜 못 찾느냐는 듯 원망스러운 눈빛으로 이쪽을 쳐다보고 있었다.

아니, 없었는데, 아까는 분명 없었어. 그렇게 주장하고 싶은 나를 내버려두고 오사나이는 발길을 돌려 걸어갔다. 조금 떨어져서 따라오라는 뜻이리라.

오사나이는 그대로 성큼성큼 빠르게 걸었다. 내 보폭이 더 크니 의도적으로 천천히 걸었다. 오사나이는 교차점에서 몇 번 꺾더니 마침내 나는 가본 적 없는 거리로 들어갔다. 낯선 미용실, 낯선 치과 간판에 어쩐지 움츠러들면서 검은색에 가까운 짙은 남색 세일러복을 따라갔다.

오사나이는 이윽고 평범한 가정집으로만 보이는 주택/건물의 미닫이문을 열었다. 조용히 이야기할 수 있는 가게가 있다더니, 자기 집 얘기였나? 그렇게 생각하면서 오사나이가 닫은 문으로 다가가보니 벽에 아주 작게 "오모테다나"라고 적힌 간판이 걸려 있었다. 무슨 뜻인지 잘 모르겠지만 다른

문은 없는 것 같았다.

미닫이문을 열자 드르륵 소리가 났다. 안에는 테이블이 세 개뿐인 작은 공간으로, 오사나이는 가게 제일 안쪽의 4인석 테이블에 앉아 있었다. 나는 그 맞은편에 앉았다. 역시나 테이블도 작았다.

앞치마를 두르고 동그란 안경을 쓴, 옆머리를 짧게 자른 남자가 물을 가져왔다.

"어서 오세요."

손님이 중학교 교복을 입고 있어도 아랑곳하지 않고 "메뉴를 정하시면 불러주세요"라고만 말하고 주방으로 돌아갔다. 나는 목소리를 낮추어 오사나이에게 물었다.

"신고당하지 않을까?"

"안 당해."

명쾌한 대답이다. 그렇다면 뭐, 신경 쓰지 말자.

당장 이야기를 시작하려 했지만 오사나이가 한발 먼저 내게 메뉴를 내밀었다. 아하, 주문부터 하는 게 매너일지도 모른다.

메뉴를 보고 조금 놀랐다. 어느 음료도 내가 생각했던 것보다 이삼십 퍼센트 저렴했기 때문이다. 그렇지만 평소 학교에 현금을 잔뜩 들고 다니지는 않으니 주문할 수 있는 메뉴는 한정적이었다.

"커피가 좋을까."

그렇게 말하자 오사나이가 조용히 말했다.

"밀크커피를 추천할게."

블랙커피는 아직 이르다고 말하는 것 같았다. 그리고 내가 그렇게 생각했다는 것을 어쩐지 오사나이도 눈치챈 듯했다.

"고바토가 블랙커피를 좋아해도 이 가게는 밀크커피가 추천 메뉴야."

뭔가 이유가 있어 보인다. 그렇게 생각하고 주위를 둘러보니 메뉴 끝에 "고향 목장에서 직접 가져온 우유를 사용합니다"라고 적혀 있었다. 그냥, 정말로 추천 메뉴인 모양이다.

"그렇구나. 그럼."

사실 어떤 음료든 상관없었기 때문에 순순히 조언을 받아들였다. 오사나이는 밀크 소프트아이스크림을 주문했다.

주문한 메뉴가 금방 테이블에 나왔다. 오사나이의 소프트아이스크림은 작고 동그란 그릇에 소복하게 담겨 있었다. 다른 토핑은 아무것도 없다. 너무 소박했다.

"그럼 슬슬……."

정보 공유를 시작하자고 말하려는데, 오사나이는 내 말은 듣지도 않고 소프트아이스크림에 스푼을 꽂았다. 뭐, 이야기하는 사이 녹아버리면 아까울지도 모른다. 이러고 있을 때가 아니라는 초조한 마음을 억누르며 밀크커피를 마셨다.

확실히 맛있는 것 같지만, 엄청난 차이는 느끼지 못했다. 애초에 나는 그때까지 설탕을 안 넣은 커피를 마셔본 적이 없어서 뭐가 좋고 나쁜지 모른다. 그리고 오사나이는 소프트아이스크림을 입으로 가져가더니…….

어쩐지 한순간, 굉장히 방심한 표정을 지은 것 같았는데. 기분 탓일까? 오사나이는 엄숙한 의식이라도 치르는 것처럼 진지하게, 그리고 늦으면 말짱 헛일이라는 듯이 신속하게, 소프트아이스크림을 먹었다. 예의상 물어보았다.

"맛있어?"

대답은 없었다. 감상을 공유할 정도로 친하지는 않다는 뜻일까?

잠시 후 오사나이는 소프트아이스크림 그릇을 비우더니 한숨을 폭 쉬었다. 그릇에 맺혀 테이블로 떨어진 물방울을 손수건으로 닦더니 그 위에 가방에서 꺼낸 공책을 펼쳤다.

"자, 시작하자."

나는 아직 밀크커피를 3분의 1 정도밖에 마시지 않았다. 하지만 커피는 천천히 마셔도 맛이 떨어지지 않겠지. 고개를 끄덕이고, 시작했다.

"누가 먼저 할래?"

"아무나."

그럼 나부터 설명할까.

"먼저 우리 학교 여학생이 사고 현장에 있었다는 건 후지데라가 경찰에 이야기했으니, 경찰은 오사나이를 찾고 있을 거야. 반에서 선생님이 얘기 안 하셨어?"

오사나이는 그건 별로 중요하지 않다고 말하고 싶은 듯 무관심한 표정을 지었다.

"목격자는 손을 들라고 했어."

"손 들었어?"

"난 직접 보진 못했는걸."

분명 들은 이야기로 미루어볼 때 오사나이는 히사카가 차에 치인 순간은 보지 못했다.

아마 오사나이는 경찰이 먼저 접촉해오지 않는 한 스스로 나서지 않을 것 같다. 범인을 직접 찾아낼 생각이니 당연한 일이다.

오사나이는 하얀 공책 위에 의미 없는 낙서를 했다.

"……그래서, 그것 말고는?"

"물론 더 있지."

나는 사건 발생 당일부터 내가 알아낸 사실, 조사한 사실을 하나하나 설명했다. 교실에 소문이 퍼졌다는 것, 사건을 조사하자는 동급생들이 있었다는 것, 내가 거기에 찬동했다는 것. 사건 현장을 보러 간 것, 나 말고는 아무도 오지 않거나 바로 돌아갔다는 것, 현장에서 타이어 자국을 보았다는 것. 그리고 누군가가 제방도로에서 굴러떨어진 흔적을 찾았다는 것.

젖어서 글씨가 번진 단어장을 가방에서 꺼냈다.

"이거, 네 거야?"

오사나이는 고개를 살짝 끄덕이고 아무 말 없이 단어장을 받았다. 이야기를 계속했다.

"그후 히사카를 문병하러 갔어. 거기서 범인의 자동차에 대한 특징을 알아냈지. 하늘색 박스카야. 오늘 히사카 뒤에서 걷다가 사고를 목격한 2학년생도 만나서, 그 차가 경차라는 이야기도 들었어. 그 목격자가 히사카와 자기 사이에 있던 여학생의 존재를 기억하고 있었어."

나는 두 손을 펼쳤다.

"나머지는 알다시피."

오사나이는 테이블 위에서 손깍지를 끼고 있었다.

"……타이어 폭으로 경차라는 걸 알 수 있다는 건 몰랐어.

내 단어장을 찾아낸 것도 놀라워. 그게 사건 관계자의 물건이라는 걸 눈치챈 건 고바토뿐일 테니까."

후지데라의 말로는 경찰은 현장을 봉쇄하고 증거를 수집했다고 했으니 단어장을 보지 못했을 리 없다. 단순히 범인의 자동차로 연결되는 단서로 여기지 않았을 뿐이리라. 하지만 그 점을 감안하더라도 내 수사 성과를 남에게 이야기하는 것은 즐거운 일이었다. 오사나이가 감탄하며 들어주니, 솔직히 말해 허영심이 크게 충족되었다.

다음은 오사나이 차례다.

오사나이는 샤프펜슬로 공책에 그림을 그리기 시작했다. 대체 무슨 그림일까 지켜보는 사이 굽이치는 이나바 강을 중심으로 한 지도가 공책 위에 완성되었다.

북쪽에서 시내로 흘러들어오는 이나바 강은 서쪽으로 한 번 크게 물줄기를 바꾸었다가 다시 남쪽으로 꺾인다. 사건 현장은 강이 남쪽으로 휘는 물굽이의 왼쪽 물가였다. 오사나이는 펜을 바꿔 사건 현장에 빨갛게 ×표시를 했다.

"범인은 자동차를 몰아 여기서 이나바 강 상류 쪽으로 달아났어. 현장에서 100미터쯤 상류 쪽으로 가면 도고 대교가 나와."

어제 나와 우시오는 그 다리에서 제방도로로 내려가 현장으로 향했다.

“범인은 자동차로는 다리를 건너서 달아날 수 없었어. 제방도로는 도고 대교 밑, 다시 말해 언더패스로 이어지니까.”

그런 도로 형태를 언더패스라고 하나. 기억해뒀다가 어디선가 써먹어야지.

“제방도로에는 유턴할 수 있는 공간이 없으니 사건 현장으로 되돌아갈 수도 없었어. 애초에 현장에는 히사카가 쓰러져 있었고, 구급차와 경찰차도 바로 달려왔어. 범인의 자동차가 어떠한 방법으로 되돌아왔다면 후지데라가 봤을 테고, 출동한 경찰들도 봤을 거야.”

“그랬겠지.”

실제로 후지데라는 범인이 돌아올지도 모른다는 생각에 도로를 지켜보고 있었고, 그후에는 경찰이 현장을 봉쇄하고 한쪽 차선만 남겨서 교대로 통행시켰다. 뺑소니 사고를 수사하러 온 경찰이 목격자의 증언에 부합하고 사고 흔적도 남아 있었을 자동차를 놓쳤다고 생각하기는 어려우니, 범인이 유턴해서 돌아왔을 가능성은 제로로 봐도 된다.

“어떤 식으로든 강 쪽으로 내려가 하천 변을 달려서 달아날 수도 없었어. 그날 이나바 강은 물이 불어나서 수면이 거의 제방 높이까지 상승했으니까.”

오사나이가 샤프로 길을 더듬어갔다.

"다시 말해 범인은 이 제방도로를 끝까지 달려가는 수밖에 없었어. 아무리 길이 길고 구불구불해도, 길을 따라 갈 수밖에 없다면 개념적으로는 직선 외길이라고 볼 수 있겠지. 그래서 이 길이 어떻게 되는가 하면……."

펜은 점점 지도에 그려진 이나바 강 상류로 향했다.

"사건 현장의 제방도로는 7미터 정도 높이야. 상류로 갈수록 제방은 낮아지고, 그만큼 제방도로도 낮아져서……."

도고 대교를 지나면 또 두 개의 다리가 있는데 둘 다 언더패스라는 것 같았다.

사건 현장으로부터 멀찍이 떨어진 곳에서 제방도로와 하나의 도로가 직각으로 만나서 약간 아래로 처진 'ㅏ' 모양의 T자 교차점을 이루고 있다. 오사나이는 그 교차점을 그리더니 샤프펜슬을 내려놓고, 빨간 볼펜으로 바꿔서 거기에 동그라미 표시를 했다.

"여기서 다른 길과 직각으로 합쳐져. 길은 또 쭉 뻗어나가지만 제방도로는 여기서 끝이야."

"……다시 말해 범인의 자동차는 거기까지 쭉 직진하는 수밖에 없다는 뜻인가."

오사나이가 고개를 끄덕거렸다.

지도로 보니 빨간색으로 표시한 두 점 사이는 제법 거리가 있었다.

"이거, 거리가 얼마나 될까?"

"대강 9킬로미터 정도."

멀다.

"9킬로미터라면 상당한 거리지? 정말 중간에 자동차가 빠질 곳이 없을까?"

"없어."

너무 빨리 대답하니까 괜히 못 미더웠다.

"정말? 지도상으로는 샛길이 없지만 실제로는 일반도로로 빠져나갈 수 있는 방법이 있지 않을까?"

"없어. 이나바 강변으로 내려가는 경사로는 있지만, 그날은 불어난 물 때문에 출입 금지 사슬이 걸려 있어서 지나다닐 수 없었어."

"……단언하는구나."

오사나이는 내 눈을 똑바로 쳐다보았다.

"난 그 차에 치일 뻔한 뒤에 제방을 따라 걸었어. 어딘가 범인의 자동차가 서 있지 않나 살피며 걸었지. 인도는 도고대교에서 끝나니까 그다음부터는 제방 측단으로 내려가서 걸었어. 그래서 단언할 수 있어. 뺑소니 차량이 할 수 있었던 건 내가 동그라미로 표시한 이 지점까지 길을 따라 달려가거나, 제방도로에서 떨어져 큰 사고를 내거나, 둘 중 하나뿐이야. 그리고 그런 사고는 없었어."

말투는 조용하고 평온했다. 하지만 나는 오사나이의 말끝에 '그래도 내 관찰 결과를 믿지 못하겠다면 협조는 여기서 끝'이라는 뜻이 붙어 있음을 직감했다. 나는 솔직하게 말했다.

"내가 졌어. 미안, 의심하는 게 아니야. 어제오늘 사이에 9킬로미터를 걸어서 확인했을 줄은 몰랐어. 눈으로 보고 확인했다면 틀림없겠지. 범인의 자동차는 이 동그라미를 통과했을 거야."

후지데라는 굴러떨어진 오사나이를 보고, 히사카의 상태를 확인한 뒤 측단을 살펴보았을 때 이미 아무도 없었다고 했다. 아마 오사나이는 제방도로에서 뛰어내려 웅덩이의 흙탕물을 여름 교복에 뒤집어쓴 직후에 이미 범인의 자동차를 쫓아가고 있었을 것이다. 사람 다리로는 자동차를 따라잡을 수 없다는 상식은 거들떠보지도 않고, 측단으로 다니면 안 된다는 학교의 주의사항도 무시하고, 자기 목숨을 위협한 자동차를 두 발로 어디까지고 쫓아간 것이다.

인간이 걷는 속도는 대강 시속 4킬로미터다. 즉 9킬로미터 앞 T자 교차점까지 약 두 시간 동안 오사나이는 계속 걸었다.

어렴풋이 눈치는 챘지만 오사나이는 상당히…… 그게, 뭐랄까, 정상이 아니다.

오사나이는 알면 됐다는 듯이 무표정하게 고개를 끄덕이더니 빨간 펜을 집었다.

"그리고 이 교차점에는 편의점이 있어. 세븐일레븐…… 패밀리마트였을지도…… 아니면 로손…… 어쨌거나 '나나쓰야마치 점'이."

오사나이가 지도에 "편의점!"이라고 기입했다.

겨우 이야기의 윤곽이 보이기 시작했지만, 내가 이해한 내용이 맞는지 자신이 없었다. 그런 일이 가능한지 의심하면서 물었다.

"그렇다면 범인의 자동차는 그 편의점 앞을 반드시 지나야겠네."

"응."

"그리고…… 우리에게 도움이 될지는 모르겠지만…… 편의점에는 방범 카메라가 설치되어 있는 곳이 많지."

오사나이가 고개를 까딱 끄덕였다.

"녹화 영상에 범인의 자동차가 남아 있을지도 몰라. 거기까지는 알아. 하지만 난 찾아야 할 자동차의 특징을 몰랐어. 어설프다고 하지 마. 사고 소리를 듣고 고개를 돌렸더니 갑자기 차에 치일 뻔했으니까. 파란 차였다는 것밖에 몰랐어. ……하지만 내가 찾는 차가 박스형 경차라는 걸 고바토 네가 알려주었어."

오사나이는 행복한 얼굴로 웃었다.

"고마워. 나, 기뻐."

그거 다행이다.

다만 편의점 방범 카메라에 범인이 찍혔을 거라는 예상은 할 수 있어도, 그것만으로는 기뻐할 이유가 되지 못한다. 약간 정상이 아닐지도 모르지만 객관적으로는 한낱 중학생일 뿐인 우리는 방범 카메라 데이터에 접근할 수 없기 때문이다. 애석하게도 나는 어두운 방에서 '좋아, 착하지' 하고 중얼거리며 키보드만 두드려 전 세계의 데이터를 가져올 수 있는 슈퍼 해커가 아니다. 그렇다면 혹시 오사나이가 슈퍼 해커일까?

"그래서 데이터는 어떻게 입수할 거야?"

단도직입적으로 묻자 쌀쌀한 대답이 돌아왔다.

"그 편의점 집 아이하고 아는 사이야. 데이터를 보여달라고 부탁해봐야지."

생각했던 것보다 원시적인 방법이었다. 그만큼 오히려 성공을 향한 길이 뚜렷이 보였다. 오사나이가 말을 이었다.

"오늘 8시에 그 애하고 얘기해볼 거야. 고바토가 그 자리에 같이 있어줬으면 해."

"8시라니…… 밤 8시?"

"아침 8시는 이미 지났어."

지당한 말씀이다. 아무래도 이번 일에 대한 각오랄까, 열의는 나보다 오사나이가 더 강한 것 같았다. 나는 단서를 찾기 위해 밤 8시에 집에서 빠져나올 궁리를 할 정도로 진심은 아니었다. 안일했다. 반성할 부분이다.

오사나이가 어쩐지 염려하는 투로 물었다.

"8시, 괜찮아?"

각오를 굳히려면 지금이다. 바로 대답했다.

"물론. 장소는?"

"학교 앞이면 돼."

절대 틀릴 수 없는, 둘 다 잘 아는 장소다. 계획은 정해졌다.

"일단 집으로 돌아가서 저녁을 먹고, 집합은 7시 45분. 자전거는 있어?"

내가 고개를 끄덕이자 오사나이는 고갯짓으로 답하고 주방을 향해 가게 주인을 부르더니 계산을 부탁했다. 역시나 행동이 빠르다.

나는 집에서 저녁 식사를 마치고 약속대로 집을 빠져나왔다. 밤에 외출하는 것 자체는 처음은 아니다. 부모님은 내 외출을 눈치채지 못했거나, 눈치챘지만 아무 말도 하지 않기로 한 것 같았다.

자전거로 밤거리를 달렸다. 평소엔 걸어서 삼십 분 가까이 걸리는 중학교까지 겨우 십 분 만에 도착했다. 오사나이는 이번에는 그늘에 숨지 않았다. 앞에 달린 바구니에 검은 가방을 넣은 자전거를 세워두고 닫힌 교문 앞에 서 있었다. 세일러 옷깃이 달린 셔츠에 남색 바지를 입었다. 나는 손을 살짝 들어 오사나이에게 인사했다.

"안녕."

오사나이는 눈썹 하나 까딱하지 않고 대답했다.

"오와아, 안녕."

"어? 지금 뭐라고 했어?"

"가자. 길은 알아?"

내가 말없이 고개를 가로젓자 오사나이 역시 아무 말 없이 자전거에 올라타 페달을 밟기 시작했다.

오사나이는 조금 떨어져서 따라오라는 말은 하지 않았다. 아까 하교할 때는 누가 볼지도 몰랐지만, 지금은 그때와 상황이 달랐다. 하지만 오사나이와 나란히 달리지는 않았다. 자전거 두 대가 함께 달릴 정도로 넓은 길만 있는 것도 아니고, 단지 호혜 관계일 뿐인데 밤에 둘이서 나란히 자전거를 타고 달리는 것은 과하게 허물없는 것 같았기 때문이다.

오사나이는 망설이지 않고 달렸다. 첫 번째 교차점에서 오른쪽으로 꺾고, 다음 교차점에서 직진하고, 그다음 교차점에서 왼쪽으로 꺾는다.

……그런 줄 알았더니 브레이크를 걸어 자전거에서 내려서는, 몸을 180도로 빙글 돌렸다.

"왜 그래?"

"길을 잘못 들었어."

그럴 때도 있는 모양이다.

이윽고 길은 편도 삼차선인 시내 순환도로로 접어들었다. 이곳의 인도는 자전거 통행이 가능하다.

오사나이는 똑바로 자전거를 몰았다.

하지를 앞두고 있지만 이 시간이 되면 이미 밤이다. 저 멀리까지 내다봐도 인도에는 오사나이의 자전거밖에 보이지 않는데, 차도는 이 시간에도 많은 차가 오가고 있었다. 하얀 승용차, 빨간 SUV, 파란 경트럭, 검은 택시, 노란 경차, 요란한 장식을 단 트레일러, 아무 장식도 없는 트럭, "위험"이라는 팻말을 붙인 탱크로리, "독극물"이라고 적힌 팻말을 붙인 경트럭, 차, 차, 차…….

나는 단순히 페달을 밟는 지루함을 떨쳐내려고 시험 삼아 계산해보았다.

이 도시의 인구는 약 40만 명이다. 가령 모든 인구가 4인 가족이라고 치자. 이곳은 자가용 없이도 생활할 수 있을 만큼 대중교통이 발달하지 않아, 차가 한 집에 한 대는 반드시 필요하다. 두 대를 가진 집도 적지 않을 테니, 대략 한 세대당 1.5대의 자동차를 소유했다고 가정해보자. 이 도시의 차량 수는 15만 대라는 계산이 나오고, 히사카를 친 것은 그중 단 한 대다.

어쩌면 처음으로, 불가능한 일일지도 모른다고 생각했다.

다른 생각을 하자. 그 하늘색 박스형 경차는 파손되었을까?

가령 히사카를 친 충격으로 방향등이나 헤드라이트가 부서졌다면 그 차를 계속 탈 수는 없다. 수리해야 한다. 그 하늘색 차는 정비소에 들어가지 않았을까?

"아무래도 그럴 가능성은 없겠지."

무심코 그렇게 중얼거렸다. 거리는 충분히 떨어져 있었고, 바람을 가르는 소리 때문에 아무것도 들릴 리 없는데 오사나이가 뒤를 돌아보았다.

"뭐?"

나는 말없이 고개를 저었다. 오사나이는 굳이 캐묻지 않고 다시 앞을 보았다.

하늘색 경차가 정비소에 들어갔다면 경찰이 찾아내지 못했을 리 없다. 사고 직후 시내의 모든 정비소에 범인의 자동차 특징을 알리는 일은 그리 어렵지 않을 것이다. 그런데 아직 범인이 체포되지 않았다는 건 자동차가 정비소에 들어가지 않았다는 확실한 증거가 아닐까?

물론 그래도 확인해볼 가치는 있다. 내가 정비소에 전화해서 '죄송하지만 저는 한낱 중학생인데, 최근 하늘색 경차를 수리하지 않았나요?'라고 물어봐도 대답해준다면 말이지만.

중학생이라.

오사나이에게는 각오와 행동력이 있다. 나에게는 아마도 관찰력과 혜안이 있다. 하지만 우리는 중학생이다. 결국 그 점이 우리의 추리와 수사에 치명적인 마이너스 요소가 되지 않을까?

"……이제 와서 뭘."

이번에는 오사나이도 뒤를 돌아보지 않았다.

그렇다, 이제 와서. 나를 제외한 반 아이들은 그 사실을 이미 알고 물러났다. 나는 내가 어떤 사람이든 진실을 밝혀내려고, 아니, 오히려 진실을 찾아냄으로써 내가 어떤 사람인지 증명하려는 생각으로 지금 이렇게 자전거를 타고 달리고 있다. 중학생이니까 불가능한 일이 있는 건 사실이지만 고등학생은 고등학생이니까, 대학생은 대학생이니까, 어른은 어른이니까 불가능한 일이 있을 게 뻔하다. 그렇다면 할 수 있는 최선을 다하려면, 어떻게 해야 할지 고민하면 될 일 아닐까?

페달을 밟는 다리에 힘을 주었다. 내가 속도를 낸 것을 어떻게 감지했는지 앞에서 달리는 오사나이도 속도를 높였다.

목적지인 편의점 '나나쓰야마치 점'에는 8시를 이 분 남기고 도착했다.

제방도로를 'ㅏ'의 세로선이라 하고, 제방도로를 가로막듯 지나가는 일반도로를 가로선에 빗댄다면 편의점이 있는 곳은 가로선 밑이다.

'나나쓰야마치 점'은 사 층짜리 맨션 1층에 있었는데, 건물 주위에 주차장이 펼쳐져 있었다. 널찍한 주차장 한복판에 선 건물은 마치 바다에 떠 있는 작은 섬 같았다.

주위를 둘러보니 이 주차장 부지는 사각형으로, 그중 두 변이 도로를 접하고 있다. 하지만 일반도로를 접한 쪽에는 콘크리트 담이 있어 제방도로를 통해서만 주차장으로 들어올

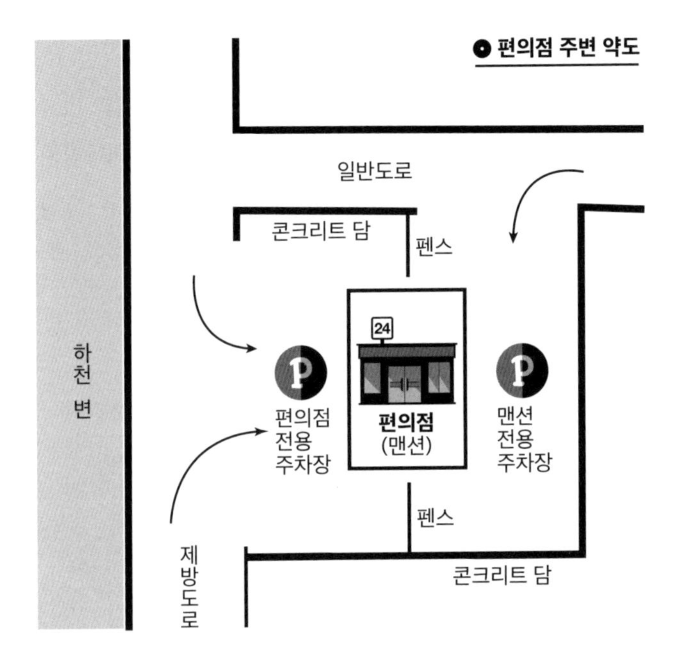

수 있다. 지금 주차장에는 몇 대의 차가 서 있다. 우리는 편의점 앞에 자전거를 세웠다.

오사나이가 자전거 앞에 달린 바구니에서 검은 가방을 꺼내 휴대전화를 조작하더니 작은 목소리로 통화했다.

"도착했어. 어디로 가면 돼? ……알았어."

오사나이는 전화를 끊고 내게 지시했다.

"그쪽에서 나오겠대. 고바토는 내 뒤에 잠자코 있어."

잠자코 있어야 하나? 굳이 따지자면 그런 건 잘 못하는데.

주차장에 우두커니 서서 편의점 불빛과 시커먼 강을 비교하는 사이 한 여자가 편의점을 돌아서 다가왔다. 실내복인지 적갈색 운동복을 입었고 머리카락은 염색했는지 밝은 밤색이었다. 아무래도 내키지 않는 만남인지 떨떠름한 표정이다. 오사나이가 먼저 말을 걸었다.

"안녕, 아소야."

아소야라고 불린 여학생은 인사를 하지 않았다. 오사나이를 뚫어져라 보더니 혀라도 찰 기세로 얼굴을 찌푸렸다.

"너 진심이야? 정말 영상이 필요해?"

"응. 전화로 말한 대로야."

"들키면 내가 아빠한테 혼나. 책임질 수 있어?"

"그때는 나도 함께 용서를 빌게."

"네가 용서를 빌어봤자 무슨 소용이야?"

그럼 어떻게 책임을 지라는 걸까……. 그렇게 지적하고 싶은 마음은 간절했지만 잠자코 있으라고 하니 일단은 상황을 지켜보았다. 아소야는 몹시 마지못한 기색으로 턱짓했다.

"이런 데 서서 이야기하면 가게에 방해돼. 뭐, 일단 따라와."

가게 안으로 들어가는 줄 알았는데 아소야는 편의점 옆으로 향했다. 가게 측면에 제방도로와 평행하게 설치된 철망 펜스가 주차장을 가르고 있었다. 이 펜스는 뭘까? 펜스와 맨션 사이에는 사람 한 명만 겨우 지날 수 있을 만한 틈이 뚫려 있어, 우리는 그 틈새로 차례로 빠져나갔다. 가게 바로 뒤에는 맨션 출입구가 있었다.

그제야 나는 방금 지나온 펜스의 용도를 이해했다. 편의점 쪽 주차장은 고객용이고, 출입구 쪽 주차장은 입주민용인 것이다.

두 주차장을 자유롭게 오갈 수 있으면 편의점 손님의 자동차가 입주민용 주차장으로 진입할 테고, 무엇보다도 주차장 자체를 교통 신호를 피해 일반도로로 가는 지름길로 사용할 가능성이 높다. 그래서 두 주차장을 펜스로 구분한 것이리라.

아소야는 쌍여닫이 유리문을 밀고 맨션으로 들어갔다. 우리도 그 뒤를 따랐다. 복도에 죽 늘어선 별 특징 없는 문들 중 하나를 아소야가 열었다. 그 안은 사무실이었다. 가게 안에 흐르는 음악이 희미하게 들려오는 것으로 보아 이곳은 편의점 사무 공간인 듯했다.

아소야가 목소리를 살짝 낮추었다.

"이 시간에는 아빠가 계산대를 보니까 여기에는 오지 않을 거야. 하지만 너무 큰 소리는 내지 마. 사실 점원이 아닌 사람이 여기 들어오는 것 자체가 금지되어 있으니까. 나도 포함해서 하는 말이야."

오사나이가 말없이 고개를 끄덕였다.

사무실 복판에 작은 테이블과 의자 두 개가 놓였다. 그리고 벽을 따라 높은 서류 선반이 늘어서 있었다. 창문 쪽 벽에는 업무용으로 보이는 책상이 놓였고, 그 위에 작은 모니터와 노트북이 있었다. 모니터 화면은 가게 안을 보여주고 있었는데, 해상도가 별로 좋지 않았다.

우리가 찾는 것은 가게 밖을 찍은 영상이다. 오사나이가 물었다.

"이것 말고도 카메라 더 있지?"

아소야가 말없이 노트북을 조작했다. 모니터에는 가게 안을 다른 각도에서 찍은 영상이 떴고 계산대에서 일하는 남자가 비쳤다. 물론 오사나이는 만족하지 않았다.

"이것 말고는?"

다음 카메라는 편의점 입구 앞을 찍고 있었다. 우리가 세운 자전거가 보였다. 오사나이가 아무 말도 하지 않자 아소야는 또 화면을 바꾸었다.

편의점 앞 주차장이 비치자 오사나이가 지시했다.

"스톱."

나도 영상을 자세히 보았다.

모니터 반쪽에 걸쳐 촬영된 주차장이 떴다. 주차장을 감시하는 카메라일 테니 당연하다. 하지만 우리에게는 운 좋게도, 나머지 반쪽에 제방도로와 일반도로가 교차하는 T자 교차점이 비쳤다. 이 모니터로는 너무 작아서 잘 보이지 않지만 제방도로를 지나는 자동차 번호도 확실하게 찍히고 있다.

"이거야."

오사나이가 말했다.

"영상 보존 기간은?"

아소야는 퉁명스럽게 대답했다.

"두 주."

"충분해. 7일 저녁 5시부터…… 그래, 혹시 모르니 한 시간 반 분량을 줘."

"불가능해. 영상은 한 시간 단위로 보존돼."

"그럼 두 시간."

"한 시간이면 충분하잖아. 이 카메라 하나면 되지?"

"아니, 두 시간. 주차장이 찍혀 있는 건 전부."

아소야가 입가를 일그러뜨렸다.

"역시 안 되겠어. 이런 건 위법이잖아? 애초에 내가 왜 네 말을 들어야 하는데?"

오사나이가 아소야에게 한 발짝 다가섰다. 체격으로는 더 유리한데도 아소야는 뒤로 물러섰다.

"뭐, 뭐야?"

"이사와가……."

오사나이의 말을 끊듯이 아소야가 비명에 가까운 소리를 질렀다.

"알았어! 알겠다고!"

그리고 지금 자기가 낸 큰 소리를 지우듯 손을 젓더니 가게 안으로 통하는 문을 보았다. 몇 초가 지나도 아무도 오지 않자 아소야는 한숨을 쉬고 모니터 쪽으로 몸을 돌렸다.

"정말 비겁해. 그건 내 잘못이 아니라고. 남자까지 데려와서는, 아무 말도 하지 않고, 무섭단 말이야. 내가 뭘 했다고 그래? 애초에 이런 걸 뭐에 쓰려고? 최악이야. 정말 최악이야, 오사나이. ……그래서, 파일은 어디에 옮기면 돼?"

검은 가방 속에서 오사나이가 뭔가 작은 물체를 꺼냈다. 내 쪽에서는 보이지 않았지만 저장 장치리라. 아소야는 한동안 노트북을 조작하더니 얼마 후 그 저장 장치 같은 물체를 오사나이에게 건넸다.

"자. 말 안 해도 알겠지만 내가 줬다는 건 비밀이야."

"물론. 네가 아무 말도 하지 않는다면."

아소야는 용건이 끝났으면 냉큼 돌아가라는 듯이 손을 흔들었고, 우리는 들어온 문을 지나 사무실 밖으로 나갔다. 하지만 아소야도 사무실에 오래 있을 수 없는 건 마찬가지라 결국 셋이서 나란히 복도로 나오게 되었다.

맨션을 빙 돌아서 자전거를 세워둔 편의점 앞까지 돌아왔다. 오사나이는 휴대전화로 시간을 확인했다.

"8시 반. 금방 끝났네."

나는 일단 내 생각을 말하기로 했다.

"오사나이."

"왜?"

"너는 네 뒤에서 잠자코 서 있을 남자가 필요했던 거구나. 아소야를 압박하려고. 그건 누구라도 상관없었어."

휴대전화를 가방에 넣으며 오사나이가 끄덕였다.

"응."

전혀 부정하지 않는구나. 이어서 오사나이가 물었다.

"불만스러워?"

"전혀."

"나, 정말 기뻤어. 아무 말도 하지 말라는 말을 듣고 정말 아무 말도 하지 않는 사람은 어쩌면 처음 만나보는 것 같아."

"의도를 눈치챘으니까."

"그렇다면 더더욱. 뭔가 알고 있으면 입이 근질거리는 법이잖아?"

그건 전혀 부정할 수 없다. 사실 평소라면 내가 바로 그런 수다쟁이다. 오늘밤에만 잘난 척 떠벌리지 않을 수 있었던 이유는 무엇일까?

……뭐, 결국 일이 끝난 뒤에 이렇게 쓸데없는 소리를 하고 있으니, 오사나이의 칭찬을 받을 자격은 없을지도 모른다.

오사나이는 더 길게 묻지는 않았다.

"이제 어떻게 할래?"

그 질문에는 지금부터 영상을 확인하자는 뜻이 들어 있었다. 파일을 열어볼 방법에 대한 의문은 제쳐두고 나는 오사나이가 가지고 온, 그녀에게 어울리지 않을 만큼 커다란 가방의 내용물을 겨우 추측할 수 있었다. 저 가방에는 아마 노트북이 들어 있을 것이다……. 시간이 마음에 걸린다.

"지금부터 전부 보려면 12시 반에나 끝날 텐데."

"오 분 만에 찾아낼지도 모르지."

오사나이는 지금 당장 데이터를 확인하고 싶은 모양이다. 하지만 아무래도 이 이상은 위험했다. 8시 정도라면 학원에서 돌아오는 중학생들이 거리를 돌아다녀도 이상하지 않지만 9시가 넘으면 슬슬 미성년자 단속이 우려된다. 솔직히 나 혼자라면 단속에 걸려도 별문제 없지만, 오사나이와 둘이서 붙들리면 뒷일이 골치 아플 것 같다.

다행히 내일은 토요일이라 휴일이다.

"내일 오전에 다시 만나서 확인하자. 오늘 갔던 카페는 어때?"

오사나이가 고개를 저었다.

"그 가게, 아침에는 동네 사람들로 붐벼. 다른 갈 만한 곳은 없어?"

"학교 정도일까. 휴일이라도 동아리 활동이 있으니 들어갈 수 있을 테고."

"응. 일단 조금 더 생각해볼 테니 연락처 좀 알려줘."

"알았어."

주차장에는 이 시간에도 제법 드나드는 차들이 많아서 헤드라이트와 미등이 우리를 비추었다.

마지막으로 오사나이가 물었다.

"혼자 돌아갈 수 있겠어?"

듣고 보니, 여기까지는 오사나이를 따라왔기 때문에 돌아가는 길을 확실히 알지는 못했다. 하지만 뭐, 어떻게든 되겠지. 고개를 끄덕이자 오사나이는 커다란 가방을 비스듬히 멨다.

"그럼 난 초콜릿을 사서 돌아갈게."

무슨 은어인 줄 알았는데, 아마 단순히 초콜릿을 먹고 싶었던 모양이다. 나는 자전거에 올라타 페달을 밟았다. 편의점을 돌아보지는 않았다.

환자식은 의외로 맛있다.

저녁 식사 메인 반찬은 돼지고기 감자조림이었다. 된장국의 재료는 무와 유부였다. 식사를 끝내자 마치 기다리고 있었다는 듯이 짧은 머리 간호사가 병실로 들어왔다. 물컵에 3분의 1 정도 남아 있는 물을 보더니 간호사는 말귀를 못 알아듣는 아이를 타이르듯 말했다.

"물은 전부 마셔야 해요."

그리고 물을 마셨는지가 치료에서 가장 중요한 포인트라도 되는 것처럼 내가 물을 다 마시는지 뚫어져라 지켜보았다.

간호사의 도움을 받아 양치질을 하는 사이 졸음이 몰려왔다. 입원한 후로 정말 잘 자고 있다. 부상당한 몸이 그만큼 수면을 원하는 걸까? 이렇게 빨리 자는 버릇이 들면 퇴원한 다음이 걱정이다. 조금은 깨어 있을 작정이었는데, 문득 정신을 차리고 보니 커튼 너머 창밖이 불그스름하게 물들었다. 저녁노을인가 했는데 방향이 달랐다. 아침노을이다.

나는 침대 위에서 휴대전화를 찾았지만 당연히 찾을 수 없었다. 밋밋한 천장을 올려다보며 길게 한숨을 쉬었다.

삼 년 전, 우리는 히사카를 친 자동차가 틀림없이 찍혀 있을 녹화 데이터를 손에 넣었다. 생각해보면 나는 일이 너무 술술 풀려서 조금 불만스러웠던 것 같다. 오사나이의 행동력과 인맥으로 조사가 진행되면 내가 활약할 차례가 없다고 생각하지 않았을까?

하지만 그후에 흐름이 바뀌었다.

나 자신의 실패를 더이상 떠올릴 필요가 있을까? 이런 기억을 더듬어봤자 히사카의 안위를 알 수 있는 것도 아닌데. 자해하는 꼴이나 다름없다. 지난 기억을 파헤치는 짓은 이제 그만두는 게 좋지 않을까?

……다리가 아팠다. 진통제 효과가 떨어졌는지도 모른다. 나는 문득 향기를 느꼈다. 꽃향기다. 고개를 돌리자 협탁 위에 꽃이 담긴 꽃병이 있었다. 어제는 없었는데.

수술 부위에 부담이 가지 않도록 몸을 틀어서 꽃병을 만져보았다. 살짝 흔들어보니 물소리가 났다. 꽃은 전부 빨간 장미였다. 그 붉은색이 내게는 정열의 상징이 아니라 분노의 상징처럼 느껴졌다.

꽃병을 끌어당겨 손에 쥐었다. 장미 향기를 가슴 깊이 빨아들였다.

꽃 속에 메시지 카드가 들어 있었다. 아침노을에 비추어 읽어보았다.

그 차는 안 찍혀 있었어.

뭔가 크게 잘못됐어.

오사나이

……나는 삼 년 전으로 돌아간 걸까? 그렇다면 사과하고 싶은 사람이 있다.

다시 의식이 흐려졌다. 잠깐만 깨어 있어도 다시 깊이 잠이 든다. 어제처럼.

제5장

비밀 찾기 좋은 날

아무리 졸려도 병원 규칙상 아침 식사는 정해진 시간에 나온다. 오늘 아침 식사로는 낫토와 전갱이구이가 나왔다. 젓가락을 놀리며 나는 계속 오사나이가 보낸 메시지 카드를 생각하고 있었다.

오사나이는 뭔가 크게 잘못됐다고 썼다. 분명 이상한 일이 벌어지고 있다.

나는 강 하류 쪽에서 달려온 차에 치였고, 그 차는 그대로 상류 쪽으로 달아났다. 길은 계속 외길이고 교차점은 하나도 없으며 유턴도 할 수 없다. 대략 9킬로미터 앞에서 비로소 제방도로가 일반도로와 연결되고, 범인은 거기에 이르러야 달아날 길 없는 외길에서 겨우 벗어날 수 있다.

이 구조는 삼 년 전부터 변함이 없을 터였다. 그러므로 범인의 자동차는 나와 오사나이가 밤에 찾아갔던 '나나쓰야마치 점'의 그 방범 카메라에 반드시 찍혔어야 한다.

그런데 오사나이는 찍혀 있지 않았다고 했다. 오사나이가 메시지에 쓴 '카메라'가 내가 생각하는 그 카메라가 아닌 걸까? 그럴 가능성은 없다.

나를 친 자동차가 사라져버렸다…….

하지만 나는 이 기묘한 사태에 놀라지 않았다. 내가 혼란스럽고, 아연실색하고, 아직도 오사나이의 메시지를 믿지 못하는 이유는 나를 친 자동차가 방범 카메라에 찍혀 있지 않았기 때문이 아니다.

이번에도, 찍혀 있지 않았기 때문이다.

짧은 머리 간호사가 식판을 치워주었다. 얼마 지나지 않아 누군가 병실 문을 두드렸다. 대답할 새도 없이 문이 열리더니 굵은 목소리가 날아들었다.

"좋은 아침입니다. 컨디션은 어때요?"

마부치 씨는 오늘도 컨디션 최상이다. 재활 훈련이 시작되었다.

재활 훈련은 힘들다는 이야기를 들었다. 지옥 같다고. 하지만 내 재활 훈련은 고관절과 무릎 관절을 움직이는 연습이 중심이라 편하다고 할 수는 없지만 통증이나 피로도 견딜 만한 수준이다. 오히려 하루 종일 누워 있을 수밖에 없는 입원생활에서 유일하게 몸을 움직이는 이 시간이 즐거울 정도다.

마부치 씨는 커다란 몸집에 비례해 손가락도 굵은데, 재활 훈련 지도와 보조는 대단히 섬세했다. 지시에 따라 관절을 움직이면 과할 정도로 칭찬해준다.

"좋아, 아주 좋아요. 그만큼 움직이면 문제없이 걸을 수 있을 거예요. 완치가 기대되네."

말은 그렇게 하지만 미야무로 선생님은 전치 육 개월이라고 했다. 그때까지는 계속 이렇게 재활 훈련을 하면서 누워 지내야 하는 걸까?

마부치 씨의 오른쪽 손등에 반창고가 붙어 있었다. 의외로 큼직한 정사각형 반창고로, 어제까지는 없었다. 지시에 따라 다리를 움직이면서 깊은 뜻 없이 물어보았다.

"손을 다쳤나요?"

마부치 씨는 민망한 듯 웃더니 왼손으로 반창고를 가렸다.

"아아, 조금. 고양이가 할퀴어서."

문득 내가 묻기도 전에 마부치 씨가 이유를 대답한 것과, 고양이가 할퀸 것치고 반창고가 너무 크다는 점이 마음에 걸렸다. 그래서 그만뒀어야 하는데 괜한 소리를 했다.

"혹시 두 발로 다니는 고양이인가요?"

마부치 씨가 침묵했다. 나는 침대에서 벗어나지도 못하는 처지고, 마부치 씨는 레슬러처럼 덩치가 크다. 그런 상황에서 침묵은 특히 거북했다.

하지만 마부치 씨는 바로 방금 전과 같은 쾌활함을 되찾았다.

"고양이야."

그리고 우리는 묵묵히 재활 훈련에 힘썼다. 이윽고 하루치 운동이 끝나자 마부치 씨는 몸조리 잘하라는 말을 남기고 병실에서 나갔다.

교대하듯 "실례합니다" 한마디와 함께 청소부가 들어왔다. 매일 똑같은 초로의 남성으로, 너무 솜씨가 뛰어나서 살짝 몸을 숙여 대걸레로 닦는 자세밖에 본 적이 없다.

그런 생각을 하는데 침대 밑에 대걸레를 집어넣었던 남자가 문득 몸을 일으켰다. '야마사토'라는 이름표가 보였다.

야마사토 씨는 손에 한라봉 껍질을 들고 있었다. 어제 아침 식사 후에 먹고서 나도 모르게 껍질을 떨어뜨렸나 보다. 무표정하게 나를 보더니 물었다.

"오늘 드셨습니까?"

솔직하게 대답했다.

"아뇨, 어제 아침에요."

그러자 야마사토 씨는 분하다는 듯 얼굴을 한껏 찌푸렸다.

"죄송합니다."

왜 사과하는 걸까? 아무래도 어제 아침에 나온 쓰레기를 어제 안에 치우지 못해서 사과하는 것 같다.

"아뇨, 무슨."

불만은커녕 오히려 한라봉 껍질을 떨어뜨린 게 부끄러웠다. 야마사토 씨는 더이상 별다른 말은 하지 않고 원래대로 척척 청소를 하더니 "실례했습니다"라고 말하고 병실에서 나갔다. 아까 그 사과는 아마도 내게 했다기보다 쓰레기를 놓친 스스로를 용서할 수 없어서 나온 말이었던 게 아닐까?

야마사토 씨가 떠나자 이번에는 늘 오는 짧은 머리 간호사가 들어왔다. 쉴 새 없이 찾아온다. 간호사는 뭔지 모를 커다란 수레를 밀고 있었다. 수레에는 수건과 시트 등 여러 물건이 실렸는데 파란 플라스틱 물통이 유독 존재감을 드러내고 있었다. 무슨 일이 벌어지나 궁금해하는데 간호사가 말했다.

"오늘은 샴푸를 해드릴 거예요."

샴푸!

나는 침대에서 내려가지도 못하는데 머리를 감겨준다는 말인가? 방법에 대한 의문을 품기 전에 춤이라도 추고 싶은 기분이었다. 머리를 감겨준다는 말을 듣자마자 머리가 가려웠는데 계속 참고 있었다는 기분이 들다니, 내가 생각해도 이상한 일이다.

간호사는 능숙하게 내 머리 밑에 수건을 깔았다. 나도 머리를 돌리거나, 시키는 대로 천천히 몸을 뒤척여 작업에 협조했다. 수건이 어쩐지 뻣뻣한 걸로 미루어 뭔가 방수 소재를 사이에 넣었을지도 모른다.

이어서 간호사가 수레에서 꺼낸 것은 대야 괴물처럼 생긴 이상한 도구였다. 고무 재질이었는데 둥그런 모양이 튜브와 흡사했지만 바닥이 막혀 있었다. 무엇에 쓰는 건가 했더니 간호사는 내 머리를 그 기구 가장자리에 얹었다. 아하, 이건 침대 위에서도 쓸 수 있는 세숫대야인가 보다.

목덜미 속으로 물이 들어가지 않도록 목에 수건을 감아주었다. 하도 단단히 감아서 순간 숨이 막혔다. 갑갑하다고 항의하는 게 좋을지 고민했는데, 간호사는 바로 수건을 조금 풀어주었다.

"그럼 시작할게요."

물통 속에 뜨거운 물이 들어 있었는데, 사용한 물은 고무관을 이용해 다른 물통에 버리는 시스템 같았다. 간호사가 머리를 감겨주는 건 이발소에서 해주는 것처럼 전문적이지는 않았다. 두피를 꾹꾹 누르는 손길은 솔직히 조금 아팠지만 불평할 생각은 전혀 들지 않았다. 누운 채로 남이 머리를 감겨주다니 꿈도 꾸지 못했던 일이다. 나는 자연스레 말이 나왔다.

"고맙습니다."

샴푸에 이어 평소대로 몸을 닦아주었는데, 축축한 머리카락과 젖은 수건으로 닦아준 피부는 처음에는 조금 따뜻했지만 이윽고 기화열로 식어갔다. 간호사는 무거워 보이는 수레를 밀어 병실에서 나갔다.

병실이 조용해졌다.

사람이 있는 동안은, 그리고 달리 뭔가 할 일이 있는 동안은 과거의 일을 잊고 지낼 수 있다.

혼자 남으면 내 의식은 과거로 향한다. 딱지를 떼어내듯이 나는 삼 년 전을 떠올린다. 찍혔어야 할 장면이 찍히지 않았던 영상에 대해. 나는 오늘 치 바닐라 맛 봉봉 쇼콜라를 입에 넣으며 공책을 펼치고 펜을 들었다.

아소야에게 방범 카메라 녹화 데이터를 받은 다음 날, 우리는 학교에서 만났다. 결국 둘이서 만날 다른 장소가 떠오르지 않았던 것이다.

토요일이지만 역시 학교에는 동아리 활동을 하는 학생들이 있었다. 축구부가 운동장을 누볐고, 체육관에서는 뭔가 바닥에 쓸리는 날카로운 소리가 간헐적으로 들려왔다. 고무 밑창 신발을 신은 학생들이 달리기 연습을 하거나, 아니면 누군가가 뭔가를 문지르며 노는 것이리라.

학교 건물도 열려 있었다. 아마 아무도 들어오지 않을 거라는 안일한 예측을 근거로 우리는 3학년 4반 교실을 약속 장소로 정했다. 교실에는 내가 먼저 도착했지만 일 분도 지나지 않아 오사나이도 왔다. 오사나이는 어제와 마찬가지로 커다란 가방을 어깨에 메고 있었는데 가방에서 노트북과 전원 어댑터를 꺼내 콘센트와 가까운 창가 자리를 골라 앉았다.

영상 데이터가 손에 들어온 것은 오사나이의 인맥과 교섭 덕분이었지만 여기서부터는 내 실력을 보일 차례다. 그 영상에는 분명 단서가 찍혀 있을 테니 그것을 찾아내는 건…… 뭐, 어려운 일은 아니리라.

오사나이가 담담하게 준비했다.

"배터리는 충분하니까, 아마 전원을 연결할 필요는 없을 거야."

"그럼 시작할까?"

노트북 앞에는 오사나이가 앉고, 나는 그 옆에 서서 책상에 손을 짚고 모니터 쪽으로 고개를 숙였다.

노트북이 켜졌다. 오사나이가 '6.7.17:00'이라는 파일을 재생하자 금방 영상이 떴다. 소리는 없고 창 아래쪽에 '17:00'이라는 시간이 표시됐다. 화면 앞쪽에 편의점 주차장이, 뒤쪽에 T자 교차점과 거기로 이어지는 길이 보였다. 어제 '나나쓰야마치 점' 사무실에서 아소야가 보여준 영상과 완전히 똑같은 각도다.

영상에서는 제방도로 쪽 신호가 빨간색이었다. 신호를 기다리는 자동차는 네 대였다. 교통량은 그리 많지 않다. 저녁 퇴근 시간대에는 아직 이른지, 이날만 우연히 그랬는지는 아직 모르겠다.

카메라가 제방도로로 들어오는 자동차는 대각선 앞쪽에서 찍어서 번호판이나 운전자 얼굴 윤곽까지 육안으로 볼 수 있는 한편, 정작 제방도로에서 나오는 자동차는 차량 뒤쪽만 확인할 수 있었다. 최선의 각도라고 할 수는 없지만 차를 판별하기에는 충분했다. 나는 말했다.

"6분까지 빨리 돌려도 되지 않을까? 후지데라는 사건이 발생한 시각이 17시 6분이었다고 했어."

나는 그렇게 말했지만 오사나이는 찬성하지 않았다.

"내가 제방도로에서 뛰어내린 뒤에 시계를 보았을 때 17시 8분이었어. 어느 쪽 시간이 정확한지 모르니 꼼꼼히 보는 게 좋을 거야."

합당한 이유였지만 아무래도 17시 정각에 범인의 자동차가 이곳을 지났을 가능성은 제로다. 오사나이는 영상을 2배속으로 돌렸다. 도로를 달리는 자동차가 찍혔다가 단숨에 사라져갔지만 눈으로 놓칠 만큼 빠르지는 않았다.

그대로 몇 분이 지났다. 편의점 주차장으로 들어오는 자동차는 그리 많지 않은 듯했다. 일반도로에서는 이 주차장으로 들어올 수 없으니, 입지가 좋은 편의점이라고 할 수는 없다. 다만 자전거나 도보로 주차장에 들어오는 사람은 제법 많았다.

동영상 창 아래쪽 숫자가 17시 6분을, 이윽고 8분을 표시했다. 후지데라의 시계가 정확하다면 아까, 오사나이의 시계가 정확하다면 바로 지금, 9킬로미터 하류에서 히사카가 차에 치였다는 뜻이다. 하늘색 박스형 경차는 일단 정지했지만 바로 달아났다. 그 차에 치일 뻔했던 오사나이는 제방도로에서 뛰어내렸고 웅덩이에 쓰러져 단어장을 떨어뜨렸다.

카메라 영상에 하늘색 박스형 경차가 나올 때까지 몇 분이나 걸릴까? 나는 암산을 해보았다.

"범인이 시속 80킬로미터로 달아났다면 카메라에 찍히는 건 대략 칠 분 후겠네."

현장에서 달아난 직후, 너무 폭주하면 오히려 의심을 받을 거라 생각한 범인이 시속 60킬로미터까지 속도를 떨어뜨렸다면 구 분 후에 촬영 각도에 들어온다. 우리는 모니터를 지켜보았다. 자동차들이 차례로 찍혔다가 사라져간다.

시각 표시 숫자가 '12'가 되고, '13'이 되었다. 화면 속에서는 하늘색도, 박스카도 아닌 자동차가 오가고 있다. '14'가 되고, '15'가 되었다. 17시 15분. 뺑소니 발생이 17시 8분이라면 슬슬 나와도 이상하지 않다. 조금 긴장하는 내 앞에서 분 표시는 '16'이 되었고, '17'이 되었다. 화면에 나오는 것은 일반 승용차뿐이다. 박스형 차량도 지나갔지만 전부 색이 달랐다. 파란 차도 지나갔지만 모두 박스형은 아니었다.

숫자가 '19'가 되었을 때, 나는 중얼거렸다.

"……늦네."

다시 숫자가 바뀌어 '20'이 표시되었다.

나는 또 암산해보았다. 시속 45킬로미터 정도로 달렸다면 카메라 앞을 지나는 건 17시 20분 이후다. 속도를 내기 쉬운 제방도로에서 시속 45킬로미터로 달리는 자동차는 느린 편에 들어갈 것이다. 범인은 히사카를 친 다음 개과천선해서 안전 운전을 했던 걸까?

숫자가 또 바뀌었다. 아무리 그래도 너무 늦다고 생각하는 사이 또 바뀐다. 마침내 분 표시는 '28'이 되었다.

뺑소니 사고가 17시 8분에 발생했다고 해도 벌써 이십 분이나 지났다. 9킬로미터를 달리는 데 이십 분이 걸리려면 자동차 속도는 시속 27킬로미터 정도에 그쳐야 한다. 카메라에 찍힌 교통량은 역시 그리 많지 않았지만 그래도 차들은 계속 지나갔다. 이 도로를 시속 27킬로미터로 달리면 뒤따라오는 차들이 쭉 밀리고 만다.

오사나이는 계속 아무 말도 없었지만 창에 표시된 분 단위가 '38'이 되었을 때 일단 재생을 멈췄다.

"……9킬로미터를 달리는 데 삼십 분이나 걸릴 리 없어."

"동감이야."

그리고 나는 직감했다. 오사나이는 찾으려는 자동차가 찍히지 않았다는 것을 알고 있었던 게 아닐까?

"어젯밤에 혼자 봤구나."

오사나이는 딱히 숨기지 않았다.

"응."

"끝까지 봤어?"

"끝까지 봤어. 다른 각도에서 찍은 영상도 봤어."

파란 자동차는 지나갔다. 박스카도, 지나갔다. 하지만.

"그중에 파란 박스카는 없었다. 그렇지?"

오사나이는 그렇다는 말 대신에 이렇게 중얼거렸다.

“뭔가 크게 잘못됐어.”

“놓쳤을지도.”

“그럴 리…… 없을 텐데.”

역시 오사나이도 단언하지는 못했다.

물론 실제로는 다른 사람도 아닌 내가 두 눈을 부릅뜨고, 잡담도 하지 않고 뚫어져라 모니터를 들여다보았는데 찾으려는 차를 멍청히 놓쳤을 리는 없다. 만약 놓쳤다면 가능성은 한 가지뿐이다.

“그렇다면 범인의 차는 하늘색이 아니라는 뜻이야.”

오사나이가 즉각 반응했다.

“파란색이었어. 내가 봤는걸.”

자동차 색은 오사나이뿐만 아니라 히사카도, 후지데라도 청색 계통이었다고 증언했다. 정확히 하면 히사카는 ‘하늘색’, 후지데라는 ‘옅은 하늘색’이라고 했다. 두 사람은 경찰에 증언했고, 경찰이 신문사에 전달했을 테니 당연하지만 신문도 현장에서 달아난 것은 ‘파란 자동차’라고 보도했다.

오사나이가 말을 이었다.

“다만 나는 그 차가 박스형이었다고 자신 있게 말할 수는 없어.”

나는 생각해보았다. 범인의 자동차가 박스형 차량이었다는 정보는 신문에는 나오지 않았다. 히사카와 후지데라가 각각 박스형이었다고 말해준 것이다. 그들이 착각했을 가능성은 없을까?

"……아니. 박스카가 틀림없어."

"어째서?"

"히사카는 달려온 차가 앞면이 편평한 박스카였기 때문에 이런 식으로."

나는 권투 방어 자세를 취했다.

"가슴부터 얼굴을 감싸는 자세를 취했어. 그 결과 팔이 차에 부딪혀서 내출혈이 일어났지만 다리는 그리 크게 다치지 않았어. 만약 박스형 차량이 아닌 차에 치였다면 다리가 먼저 닿았을 테니, 그 정도에서 그치지 않았을 거야."

하지만 파란 박스형 경차는 한 대도 지나가지 않았다. 경차는커녕 하얀 번호판을 단 일반차 중에서도 파란 박스카는 찾아볼 수 없었다.

찍혔어야 할 것이 찍히지 않은 이유는 무엇일까?

오사나이는 히사카를 친 차가 상류 쪽으로 달려갈 수밖에 없었고, 그렇다면 반드시 편의점 앞 T자 교차점을 통과할 거라고 장담했다. 하지만 현실은 가설과 달랐다.

"그렇다면 역시 찍히지 않았다는 뜻이 돼. 그러면……."

내가 그렇게 운을 떼자 오사나이가 고개를 끄덕였다.

"무슨 말을 하고 싶은지는 알아. 나는 제방도로가 탈출 불가능한 외길이라는 걸 알고 있지만, 고바토가 의심하는 건 자연스러워. 신경 쓰지 않아. 오히려."

오사나이는 다시 모니터를 보더니 노트북 안에 철천지원수라도 있는 듯 입술을 굳게 다물었다.

"이런 결과를 보게 되면 나도 그렇게 생각할 거야. 내가 착각했다고."

나는 조금 놀랐다.

"착각했다고 생각하지 않아."

이 말도 뜻밖이었는지 오사나이가 나를 빤히 쳐다보았다.

"그럼 어떻게 생각하는데?"

"네가 관찰한 것도, 영상에 담긴 것도 사실이라고 생각해."

"모순이야."

"그러니까."

나는 웃었다.

"어딘가에 숨은 탈출로가 있는 거야. 자동차 한 대가 빠져나갈 만한 비밀 통로라니, 조금 재미있네. 찾으러 가자."

하지만 오사나이는 계속 의기소침한 태도였다.

"다녀와."

"……안 갈 거야?"

그렇게 묻자 오사나이는 자기를 가리켰다.

"어, 나도?"

"함께 갈 줄 알았는데."

생각도 못한 일이었던 모양이다. 오사나이는 내 제안을 음미하듯 모니터를 보며 몇 번 고개를 끄덕이더니 마지막으로 살짝 웃었다.

"응. 갈래."

"아, 노트북은 어떻게 할래?"

"나중에 가지러 돌아올래. 남들 모르게 숨길 데가 있으니까."

오사나이는 그렇게 말하더니 노트북을 덮고 잠깐 기다리라는 말을 남기더니 종종걸음으로 교실을 나갔다. 남들 모르게 숨길 장소라고 하면 찾아내고 싶은 게 사람 마음이지만, 지금은 제방도로 수수께끼 해결이 먼저다.

외길에서 자동차가 사라졌다……. 이건 말하자면 밀실 트릭이다. 하지만 9킬로미터의 거대한 밀실에는 분명 구멍이 있다.

홀로 남은 교실에서 나는 웃음을 억누를 수 없었다. 그 구멍을, 이제부터 내가 찾아낼 것이다.

도고 대교에서 꺾인계단을 타고 제방도로로 내려갔다.

학교 안에 있을 때는 의식하지 못했지만 별로 날씨가 좋은 날이 아니었다. 다만 장마철이라고는 해도 당장 비가 내릴 기미는 없었다. 직사광선을 가려주니 오히려 조사하기에는 알맞은 날이라고 할 수 있겠다. 우리는 일단 히사카가 차에 치인 지점을 출발 지점으로 삼으려고 남쪽으로 향했다.

오사나이는 작은 토트백을 들고 있었다. 아까까지는 없었으니 접어서 노트북 가방에 넣어두었던 것이리라. 지금 오사나이는 인도에서 몸을 웅크리고 아스팔트를 보고 있다. 사건 당일 이후로 이 동네에 비가 내리지 않은 덕분에 타이어 자국은 그대로 남아 있었다. 이따금 자동차가 우리 바로 옆을 지나갔다.

타이어 자국으로 얻어낼 정보가 없었는지, 오사나이는 시무룩한 표정으로 일어섰다.

우리는 상류 쪽으로 조금 돌아갔다. 특별히 무언가 남아 있지는 않았지만 오사나이는 걸음을 멈추고 시가지 쪽으로 난 비탈을 굽어보았다. 잔디가 난 측단에 고여 있던 물은 이미 말라버렸다.

"저기서 네 단어장을 주웠어."

"고마워."

"그런데 지금까지 묻지 않았는데, 다치지는 않았어?"

오사나이는 손으로 입가를 가리고 피식 웃었다.

"그러고 보니 그러네. 너도 묻지 않았고, 나도 말하지 않았어. 너무하네."

너무한 건 나일까, 오사나이일까? 아마 둘 다일 것이다.

"굴러떨어져서 아팠지만 다쳤다고 할 정도는 아니었어."

"그건 다행이다."

우리는 잠시 오사나이의 낙하 현장을 살펴보았지만 역시 이곳에도 딱히 눈에 띄는 것은 없었다. 나는 우리가 가는 방향에 있는 편의점의 반대쪽, 하류 쪽으로 눈길을 돌렸다.

"저쪽으로 가면 어떻게 될까?"

이미 조사했는지 오사나이가 바로 대답했다.

"1킬로미터도 안 가서 이나바 대교가 나와."

"언더패스?"

최근에 배운 단어로 물어보았다.

"아니. 신호가 있는 교차점에서 일반도로와 합류해."

"그렇다면 하류 쪽으로 가도 일반도로로 나갈 수 있네. 그

쪽에는 방범 카메라가 없을까?"

오사나이는 고개를 작게 가로저었다.

"이나바 대교 신호에는 버젓한 카메라가 있지만, 그 카메라는 손쓸 방법이 없어……."

분해 보였지만 신호기에 설치되어 있다면 아마 경찰 카메라일 것이다. 손쓸 방법이 있을 리 없다. 어쨌거나 범인이 유턴했을 가능성은 이미 없다고 판단했으니 당장 의미 있는 정보는 아니었다.

우리는 고개를 돌려 상류 쪽을 보았다. 제방도로가 일반도로와 수직으로 만나는 T자 교차점까지, 9킬로미터에 이르는 검증이 시작되었다. 왔던 길을 돌아가서, 다시 그곳에서 더 전진하는 것이다.

이곳 인도는 도고 대교 밑에서 끝난다. 갓길은 거의 없어서 둑마루를 걷기란 불가능하다. 강 아니면 시가지 쪽의 측단 중 한쪽으로 내려가는 수밖에 없다. 학교에서는 측단을 걷지 말라고 하지만 오늘은 잠깐 잊어버리자. 동급생을 친 범인을 찾기 위해서라면 이 정도 규칙 위반은 저렴한 투자다.

"그날 오사나이는 강 쪽하고 시가지 쪽, 어느 쪽 측단을 걷고 있었어?"

사실 '강 쪽'과 '시가지 쪽'이라는 표현은 내가 멋대로 쓰는 말이다. 정식 명칭은 '앞비탈', '뒷비탈'이었을 텐데 오사나이는 당황하지 않았다.

"강 쪽. 시가지 쪽에 일반도로로 이어지는 길이 있는지는 지도로 알 수 있으니까."

일리는 있지만 의외의 탈출구가 없다는 보장은 없다.

제방도로라는 밀실에서 빠져나갈 길이 없는지 확실하게 검증하려면 제방 양쪽 측단을 샅샅이 확인할 필요가 있고, 지금 우리는 두 명이다. 마땅히 나눠서 조사해야 한다.

"그럼 내가 강 쪽 측단으로 갈 테니 오사나이는 시가지 쪽을 걷는 게 어떨까? 뭔가 발견하면 서로 휴대전화로 연락하기로 하고."

이의는 없는지 오사나이가 고개를 끄덕였다.

둑비탈에 있는 계단까지 갔다. 오사나이는 거기서 시가지 쪽 측단으로 내려가고, 나는 차를 조심하며 제방도로를 가로질러 강 쪽 측단으로 내려갔다. 바로 오사나이가 보낸 메시지가 왔다.

준비?

나도 오사나이를 따라서 짧게 보냈다.

가자.

그리고 우리는 따로 걷기 시작했다. 사건 당일, 히사카가 걸었던 방향과는 반대로 가게 된다.

시가지 쪽 비탈에는 잔디밖에 없었지만 강 쪽은 둑이 무너지지 않도록 빈틈없이 콘크리트를 발라놓았다. 만약 오사나이가 이쪽으로 떨어졌다면 잔디 위로 떨어진 것과는 비교도 되지 않는다. 찰과상으로 끝나지 않았을 것이다.

머리 위로 차들이 다녔다. 차도 너머 반대편에서 오사나이가 나와 마찬가지로 편의점을 향해 걷고 있을 것이다.

비탈은 경사가 가팔라서 차로 내려갈 수 있을 것 같지 않았다. 억지로 내려가면 차가 뒤집혀서 큰 사고가 날 것이다. 오사나이에게 말은 그렇게 들었지만 지금 그것을 몸으로 느낄 수 있었다.

옆에서 흐르는 이나바 강으로 시선을 돌렸다.

강물이 불어나 있었다. 탁한 물이 넘실넘실 흐르고 강폭이 평소보다 훨씬 넓어서 하천 변 절반 정도가 물에 잠겼다. 반대로 말하면 수면이 이 정도로 높아져도 하천 변에는 충분한 여유가 있어서, 측단을 걷고 있어도 물 때문에 위험하다는 생각은 들지 않았다. 다만 압도적인 물살이 눈에 들어와 조금 무섭다는 것은 부정할 수 없었다.

도고 대교를 지나(언더패스다!) 또 십 분, 이십 분, 계속 걸었다. 당연한 소리지만 강 위에는 건물이 없어 시야가 훤했다. 초여름 흐린 하늘이 멀리 펼쳐져, 저 멀리 산맥도 보였다.

한 가지, 알아낸 게 있다. 제방도로는 좁다. 인도가 끝나니 더 그런 느낌이다. 이래서야 유턴은커녕 갓길에 차를 세우기도 쉽지 않겠다. 만약 범인이 길가에 차를 방치했다면 사고 발생 직후에 달려온 경찰이 반드시 찾아냈을 것이다.

휴대전화가 진동했다. 오사나이의 연락이다.

"여보세요?"

"무슨 일이야?"

"아무 일 없어. 만약 범인의 자동차가 이쪽 비탈로 굴러떨어졌다면 잔디가 벗겨졌을 거야. 그런 흔적은 전혀 없어."

"그렇구나. 이쪽도 오사나이가 말한 대로야. 둑비탈을 차로 내려가는 건 불가능해."

"그렇지?"

"의심했던 건 아니지만, 의심해서 미안하다고 말하는 게 나아?"

짧은 침묵이 있었다.

"……그 말을 들으려고 전화한 게 아니야."

분명 특별한 발견이 없어서 심심해서 전화한 줄 알았는데, 오사나이에게는 다른 용건이 있었던 모양이다.

"일단 고맙다고 하려고."

짐작 가는 바가 없었다. 잠자코 있으려니 기분 탓인지, 오사나이가 지금까지보다 더 무뚝뚝한 말투로 말을 이었다.

"범인의 자동차는 반드시 '나나쓰야마치 점' 앞을 지났을 거라고 한 내 추리를 믿어줬잖아."

"믿었다고 해도 되나? 결국 이렇게 구멍이 없었는지 검증하러 왔는데."

"실제로 영상에 찍히지 않았으니 그건 당연해. 하지만 고바토 너는 내 추리가 엉터리였다고 생각하지 않고, 추리는 옳았지만 보이지 않는 탈출로가 있을 거라고 생각해줬어."

당연한 소리를 왜 하는 걸까?

"그야 엉터리라고 여길 이유가 없으니까."

"이유는 있어. 내가 작으니까."

무슨 소리를 하는지 모르겠다. 휴대전화를 다른 손으로 바꿔 쥐었다.

"……그런 게 상관이 있어?"

오사나이의 목소리에서 웃음기가 느껴졌다.

"있고말고. 내가 마치 초등학생처럼 작다는 건, 내가 보고 들은 걸 전혀 믿어주지 않을 충분한 이유가 돼."

"궤변처럼 들리는데."

"응."

잘 모르겠다. 역시 오사나이는 그냥 심심해서 전화를 건 게 아닐까?

앞쪽에 경사로가 보였다. 제방도로에서 하천 변으로 내려가는 길이다.

"경사로다."

눈에 보이는 대로 말하자 오사나이가 말했다.

"그쪽으로 갈게."

경사로는 제방도로에서 측단을 가로질러 하천 변으로 뻗어 있었다.

튼튼하게 포장됐다. 비탈은 완만했다. 하천 변에는 이름 모를 덩굴이 무성했다.

"하천 변에서 노는 사람들 때문에 만든 길일까?"

내가 그렇게 말하자 오사나이는 어쩐지 쌀쌀하게 대꾸했다.

"강을 관리하는 사람들 때문에 만든 길일 거야."

하긴 그게 맞겠네.

경사로 입구에는 사슬이 걸려 있었다. 입구 양쪽에 각각 철제 기둥이 솟았는데 사슬이 한쪽 기둥에서 다른 쪽 기둥으로 엮였고, 풀지 못하도록 자물쇠로 잠겨 있었다. 사슬은 조금 녹이 슬었지만 제법 굵어서 도저히 끊길 것 같지 않았다. 이 사슬을 돌파하지 않는 한 자동차가 이 경사로를 지나 하천변으로 내려가기란 절대 불가능하다.

기둥에 뭐라고 적힌 것을 발견하고 고개를 가까이 가져갔다.

"'수면 상승 시 폐쇄. 이나바 강 하천관리사무소.'"

오사나이도 내 옆에서 몸을 숙였다.

"내가 봤을 때도 사슬이 걸려 있었어."

"자물쇠도 잠겨 있었지?"

"응. 혹시 자물쇠는 그냥 채워놓기만 한 걸까 싶어서 잡아당겨봤지만 안 풀렸어."

나는 지금 사슬을 잡아당겨볼 생각은 하지 않았다. 확인 작업의 정밀도에서 뒤처졌다는 분한 마음을 감추듯 잡아당겨 보았지만 사슬은 절대 풀리지 않을 것 같았다.

기둥에 적힌 문구로만 보면 마치 물이 불어나면 자동으로 사슬이 길을 통제할 것 같지만, 실제로는 어디에도 자동장치는 보이지 않았다. 나는 기둥을 붙잡고 일어섰다.

"물이 불어나면 누군가 자물쇠를 걸러 오는 거겠지?"

오사나이는 웅크린 채로 고개를 끄덕이다가 의아하다는 듯 살짝 갸우뚱거렸다.

"이 자물쇠의 열쇠가 있으면 이 경사로에서 하천 변으로 내려가서 숨어 있다가 유턴해서 그 방범 카메라에 찍히지 않고 제방도로를 빠져나갈 수 있어. 고바토는 그렇게 생각하는 거야?"

"안 될까?"

"그러니까 나를…… 히사카를 친 범인은 하천관리사무소에서 자물쇠를 관리하는 담당자라는 뜻?"

"범인이 이 경사로를 사용한 게 틀림없다면, 경사로를 사용할 수 있었던 유일한 인물이 범인이 돼."

오사나이는 순순히 받아들이기 어렵다는 표정이다. 나는 손가락을 세워가며 말을 이었다.

"가령 하천사무소 자물쇠 관리자가 뺑소니범이었다고 가정해보자. 이나바 강의 물이 불어나서 하천 변으로 이어지는 길은 봉쇄되어 있었어. 혹은 그 범인이 봉쇄하러 왔거나. 그 사람은 자물쇠의 열쇠를 들고, 하늘색 박스형 경차를 타고 제방도로를 달리고 있었어. 그리고 사고를 내고 구호 조치 의무를 저버린 채 도주한데다가 업무상 우연히 갖고 있던 열쇠를 써서 경사로로 진입했고. 그날 하천 변은 거의 제방 높이까지 물에 잠겨 있었지?"

오사나이가 끄덕였다.

"그럼 하천 변을 달릴 수는 없었겠지. 그래서 범인은 이 경사로를 이용해 차를 유턴한 다음 다시 자물쇠를 잠그고, 경찰이 한쪽 차선을 막은 채 차들을 번갈아 보내며 현장검증을 하고 있는 사고 현장으로 돌아갔어. 하지만 범인은 운 좋게 경찰에 잡히지 않고 그 자리를 통과해 태연히 시내로 사라진 거야."

"정말 그런 일이 있었을 것 같아?"

나는 어깨를 쓱 움츠렸다.

"이 가설의 가장 큰 문제점은 어째서 범인이 그렇게까지 할 정도로 직진을 싫어했는가라는 점이야. 제방도로를 똑바로 달려가면 편의점 '나나쓰야마치 점' 방범 카메라에 찍히고 말아. 하천관리사무소 사람은 그 사실을 미리 알고 있었고, 경찰이 모여 있는 사고 현장으로 돌아가는 위험보다도 편의점 방범 카메라에 찍히는 위험이 더 크다고 생각한 걸까? ……역시 말이 안 돼. 다른 가능성이 전부 사라진다면 그런 가능성도 남아 있을지 모르지만."

오사나이는 입을 다물고 고개를 숙였다. 살짝 화가 났는지도 모른다. 일단 변명을 했다.

"논리로 장난칠 생각은 없어. 어디까지나 가능성이 있는지를 검토하는 것뿐이야."

"즐거운 기색으로 말이지."

"너무하네. 신중을 기한 것뿐이야."

오사나이는 더는 말하지 않고 자기가 맡은 측단으로 돌아갔다. 나도 강 쪽 측단으로 돌아갔다.

둥글게 돌아가는 이나바 강을 따라 제방도 커브를 그렸다. 물론 오사나이의 표현을 빌리자면 '개념적으로는 직선 외길'이다.

출발 한 시간 만에 강 쪽 측단이 사라졌다.

정확히 말하면 측단 자체는 계속 이어지지만 덩굴풀이 비탈을 가득 메워서 제초기라도 가지고 오지 않는 한 1미터도 더 나아갈 수 없었다. 어째서 갑자기 풀이 무성하게 우거지는지는 바로 알 수 있었다. 이 앞은 둑에 콘크리트를 깔지 않아서 풀이 마음껏 자라고 있는 것이다.

사건 당일, 오사나이는 이곳을 걸었으니 중간에 측단으로는 걸어갈 수 없다는 사실을 알고 있었을 것이다. 휴대전화를 꺼내 메시지를 보냈다.

풀이 우거져서 길이 막혔어. 합류할게.

둑마루로 올라가 자동차가 다니지 않는 틈을 기다려 도로를 건넜다. 강 쪽 측단은 풀에 묻혀 있었지만 시가지 쪽 측단은 놀랍게도 잘 포장되어 있었다. 누가 봐도 사람이 다니기에 충분하다 할 만큼 정비되어 있다. 오사나이는 어디에 있는지 사방을 둘러보니 내 위치보다 100미터쯤 앞에 우두커니 서 있었다. 조금 뜻밖이었지만 내가 서둘러 쫓아갈 때까지 오사나이는 그 자리에서 기다려주었다.

날이 흐리다고는 해도 초여름 햇볕 속을 계속 걸은 탓에 오사나이는 조금 땀을 흘리고 있었다. 나도 주머니에서 손수건을 꺼내 땀을 닦았다. 오사나이가 토트백에서 물이 든 페트병을 꺼냈다.

"자."

"나?"

멍청한 소리를 하고 말았다. 여기에는 나와 오사나이밖에 없는데.

페트병은 이미 한 번 뚜껑을 열었는지 내용물도 조금 줄어 있었다. 마셔도 될지 고민하는데 이번에는 토트백에서 종이컵이 나왔다. 고맙게 받아들면서 뚫어져라 쳐다보고 말았다.

"……준비성이 좋네."

오사나이는 살짝 고개를 숙이고 미소를 지었다. 쑥스러운 모양이다.

감사히 물을 한 컵 마시고 바로 물어보았다.

"이쪽 측단은 정비되어 있네. 어디서부터?"

"1킬로미터쯤 됐어."

"차도 다닐 수 있을까?"

오사나이는 고개를 가로저었다.

"시가지 쪽에서 경사로가 완만하게 올라와서 이 측단으로 합류해. 하지만 차단봉이 있어서 차는 못 들어와."

다시 말해 측단을 포장한 이 길은 시가지와 연결되지만 제방도로와는 연결되지 않는다. 역시나 범인이 자동차 도주 경로로 사용할 수는 없겠다.

나는 시가지를 바라보았다. 이 부근은 오래된 동네인지, 지은 지 이삼십 년은 족히 더 되어 보이는 건물이 늘어서 있었다. "현수막·깃발·포렴"이라고 적힌 간판을 내걸고 있는 곳은 가게일까, 작은 공장일까? 기와지붕 집, 양철지붕 집, 거뭇하게 그을린 H 모양 굴뚝을 바라보며 우리는 측단을 걸었다.

앞쪽에서 성인 남자가 탄 자전거가 다가왔다. 내가 오사나이 앞으로 걸어가서 자전거를 보냈다. 다시 옆으로 나란히 서자 오사나이가 물었다.

"히사카는 어떤 사람이야?"

나는 잠시 생각했다.

"히사카 쇼타로. 키가 크고, 그리 근육질로 보이지는 않지만 배드민턴부 에이스."

오사나이는 그대로 앞을 바라보며 고개를 끄덕이더니 잠시 후 나를 쳐다보았다.

"그게 전부?"

"그게 전부는 아니지만…… 운동회나 문화제에서 뭔가 눈에 띄었던 기억은 없어. 물론 동아리 에이스니까 운동은 잘하겠지만 굳이 나서서 자랑하는 타입은 아니었어."

"얌전하구나. 그리고?"

"그 정도야."

오사나이의 눈이 살짝 커졌다. 오사나이는 생각을 바꾸듯 앞쪽을 바라보더니 질문의 방향을 바꾸었다.

"히사카를 문병하러 갔었지? 그때 있었던 일을 자세히 말해줘."

"자세히라니, 얼마나?"

"몇 마디 하고 숨을 쉬었는지 알 수 있을 정도로 자세히."

아무래도 그건 불가능하지만, 나는 기억을 더듬어 최대한 상세히 문병 갔을 때 일을 이야기했다.

반에서 몇 명이 문병을 갔고, 나는 거기에 끼지 않았다는 것.

나중에 히사카를 만나봐야겠다고 생각했지만 들고 갈 선물이 없어 꽃을 꺾어 갈까 고민했다는 것.

히사카의 병실이 403호였다는 것.

어떤 이야기를 했는지, 그 순서까지 전부 설명하는 동안 오사나이는 아무 말도 하지 않고 듣고 있었다.

알고 있는 모든 이야기를 털어놓자 오사나이는 이어서 물었다.

"고바토하고 2학년 후지데라는 어떤 사이야?"

"아무 사이도 아니야. 같은 반 우시오에게 2학년 후지데라 마코토가 뺑소니 사고를 봤다는 이야기를 들었을 뿐. 남학생인지 여학생인지도 몰랐어."

"그럼 후지데라하고는 어떤 이야기를 나눴는지 알려줘."

그렇게 말하고 오사나이는 나를 바라보며 덧붙였다.

"상세하게."

눈높이보다 아래로 펼쳐지는 거리를 보면서 그냥 걷기만 하려니 조금 심심해서, 확실히 이야기를 하는 게 기분 전환이 됐다. 나는 머리 뒤로 손깍지를 끼고 기억을 더듬어 요청대로 상세하게 이야기했다. 2학년 교실을 하나하나 찾아가 후지데라 마코토가 있는지 확인했다는 것. 후지데라를 찾아내 점심시간에 이야기를 들은 것.

후지데라는 적극적으로 말해주지는 않았지만 내가 히사카

와 같은 반이고, 같은 반 친구를 다치게 한 범인을 용서할 수 없다고 하자 이것저것 말해주었다는 것.

그리고 범인의 자동차에 치일 뻔한 수수께끼의 여학생이 있었다는 것. 오사나이는 자기가 이야기 속에 나왔는데도 눈도 깜빡하지 않았다.

"점심시간이 끝나가서 후지데라와의 대화는 거기서 끝났어."

이야기를 마무리하자 한동안 그대로 걸어가던 오사나이가 갑자기 살짝 고개를 갸웃거렸다. 뭔가 이상한 점이 있었나?

"왜 그래?"

그렇게 묻자 오사나이는 조금 복잡한 표정으로 이렇게만 말했다.

"모르겠어."

"뭐가?"

"그걸."

무엇을 모르겠는지, 모르는 모양이다.

머리 위로 커다란 다리가 나왔다. 제방 위쪽으로 걸쳐진 다리라 우리는 그 밑으로 지나갔다. 올려다보니 거대한 철골이 얽혀 있고, 다리를 지나는 자동차 소리와 진동음이 귀에 들려왔다. 다리 밑을 빠져나와 다시 하늘 아래로 나오니 앞쪽에 편의점 '나나쓰야마치 점'이 보였다.

사건 현장에서부터 9킬로미터를 걸어온 결과, 저 편의점 앞 T자 교차점을 지나는 것 외에 범인이 제방도로에서 빠져나갈 방법이 없다는 사실을 확인할 수 있었다.

즉 우리는 그저 이미 아는 정보를 검증한 것에 지나지 않았다. 이 두 시간은 헛된 낭비였을까?

그렇지는 않다. 제방도로에서 나갈 수 없다는 것을 확인한 이상, 범인의 자동차가 카메라에 찍히지 않을 방법은 한 가지뿐이다.

내 생각에 몇 분만 더 관찰하면 해결할 수 있다.

주차장 구석에서 나는 다리를 털털 흔들었다.

평소 같으면 이 정도 거리야 아무것도 아니지만 강 쪽 측단이 콘크리트 바닥이라 그런지 걸으면서 받은 충격이 발바닥에 남아 있었다. 다리를 흔드니 조금 편해졌다. 오사나이는 신발에 작은 돌이라도 들어갔는지, 웅크리고 앉아 신발 끈을 풀더니 주차장을 에워싼 담에 손을 짚고 한 발로 서서 신발을 뒤집어 털었다. 나는 흥분을 숨기며 말했다.

"이 주차장 말인데……."

그렇게 입을 떼는데 오사나이가 한 손을 들어 말을 막았다.

"미안. 먼저 조금만 쉬게 해줘."

마음이 급했지만 그게 나을 것 같다. 흐린 날이라 다행이었지만 그래도 우리는 수분을 상당히 잃은 상태였다.

편의점으로 들어가 둘 다 생수를 집었다. 오사나이는 어제 초콜릿을 샀을 텐데, 오늘은 딱히 달콤한 군것질거리는 사지 않는 것 같았다. 이십 대 초반으로 보이는 남자가 계산대에 있었는데 우리를 보더니 퉁명스럽게 말했다.

"함께 계산하시겠습니까?"

"따로 해주세요."

점원은 곧 혀라도 찰 것 같은 표정으로 생수의 바코드를 찍었다.

가게에서 나와 일단 물을 마셨다. 오사나이는 토트백에 남아 있던 물을 비웠지만 새 페트병은 뜯지 않았다. 편의점 입구 옆에 쓰레기통이 있어 오사나이에게 받은 종이컵을 버리려 했는데 "외부 쓰레기 사절"이라고 적혀 있어서 도로 넣었다.

우리는 다시 주차장을 보았다.

어제 여기 왔을 때는 밤이었다. 낮에 보니 제법 인상이 다르다. 어젯밤은 방범 카메라가 어디에 있는지 몰랐지만 지금은 주차장에 서 있는 기둥 끝에 달린 카메라가 똑똑히 보였다.

파란 박스형 경차는 어디로 사라졌을까? 기둥에 붙어 있는 카메라를 올려다보았다.

역시 그렇다. 카메라는 주차장을 구석구석 찍고 있지 않다. 나는 일부러 무뚝뚝하게 말했다.

"있잖아. 굉장히 단순한 이야기인데."

그렇게 말을 걸자 오사나이도 옆으로 다가와 나처럼 위를 올려다보았다.

"만약 고바토가 카메라 바로 밑은 사각지대였다고 말하고 싶은 거라면, 다른 각도의 카메라에는 이 기둥 바로 밑도 찍혀 있었어."

"……그래."

"모든 카메라에 사각이 되는 자리는 없었어."

이어서 할 말이 바로 나오지 않아서 나는 애써 평소와 같은 태도를 유지하려 했다.

"그 카메라에도 파란 박스카는 안 찍혀 있었구나."

오사나이는 대답하지 않았다. 당연하다는 뜻이리라.

나는 아무렇지도 않은 표정으로 주위를 둘러보며 주차장을 걸었다. 하지만 솔직히 말하면…… 진정할 수 없었다.

제방도로에서 빠져나갈 샛길을 찾지 못한 시점에서, 나는 편의점 방범 카메라에 사각지대가 있다고 생각했다. 고의인지, 우연인지, 범인은 그곳에 들어갔을 거라고. 범인의 자동차는 사각지대에 정차해 삼십 분이든 한 시간이든, 경찰이 현장을 떠날 때까지 충분히 기다린 다음 왔던 길로 되돌아갔다. 그 방법뿐이라고 생각했다.

낮에 이 주차장에 다시 와서 몇 분만 관찰하면 박스형 경차가 사라진 수수께끼를 해명할 수 있다고 확신했다. 그리고 생각대로 카메라 바로 밑이 사각이라는 것을 발견하고 이게 진상이었나, 풀고 보니 시시했다고 내심 으스대기까지 했다.

그런데 오사나이는 단 한마디로 내 추측을 부정했다. 이토록 간단히.

나는 오사나이를 힐끔 보았다. 무엇을 봐야 할지 망설이듯 멍하니 하늘을 올려다보고 있는 오사나이를.

……오사나이를, 신용해도 될까?

나는 오사나이가 말하는 '다른 각도의 카메라' 영상을 보지 못했다. 주차장에 사각지대가 없었다는 것은 오사나이가 하는 말일 뿐이다. 어쩌면 거짓말일지도 모른다.

오사나이에게 거짓말을 할 동기가 있을까?

어쩌면 처음부터 오사나이가 말한 모든 것이 진실이 아니었을지도 모른다. 히사카를 친 자동차에 연달아 치일 뻔했다니, 거짓말일지도 모른다. 오사나이는 어떠한 이유로 범인을 감싸려고, 그래서 다른 각도의 카메라 영상을 봤다는 거짓말을 하는 건지도 모른다…….

나는 땀을 닦고 고개를 저었다.

더위 탓이다, 어리석은 생각을 하는 건. 오사나이를 신용할 이유는 무엇 하나 없지만, 가령 오사나이가 범인 편이라고 생각할 경우 나와 함께 행동하는 이유가 설명되지 않는다. 나라면 확실히 뺑소니범을 찾아낼 거라고 생각하고 요주의 인물로 감시하기라도 하는 걸까? 그렇다면 영광이지만, 현재로서는 오사나이가 나를 그만큼 평가할 이유도 무엇 하나 없다.

다른 각도의 카메라가 존재한다는 사실은 나도 편의점 사무실에서 확인했다. 그렇다면 그 카메라가 다른 카메라의 사각을 보완하고 있었다는 오사나이의 설명을 의심할 이유는, 아쉽게도 찾을 수 없다.

그보다도…… 무엇이 거짓말이었든, 뺑소니범을 두고 "속죄하게 해야지"라고 한 오사나이의 말만은 진실이었다고 믿는다.

그렇다면 방범 카메라에 사각지대는 없었다는 것도 믿어야 하리라. 적어도 의심할 이유가 생길 때까지는.

그런 생각을 하며 걷다보니 어느새 편의점 옆에 설치된 펜스 앞에 서 있었다. 일단 펜스를 붙잡고 흔들어보았다. 펜스는 낡아서 군데군데 페인트칠이 벗어지고 녹슨 자국이 있었지만 튼튼하게 고정되어 있어 움직인 흔적은 없었다.

오사나이가 펜스와 맨션 틈새로 빠져나갔다. 그 앞은 입주민용 주차장으로 뺑소니범의 도주 경로와는 상관없다. 자동차는 여기를 지나갈 수 없기 때문이다. 왜 그러는지 지켜보는데 방금 주차장에 선 하얀 밴에서 티셔츠에 청 반바지를 입은 아소야가 내렸다. 얼굴 한가득 웃음을 띠고 뒷자리에서 팔짝 뛰어내리나 싶더니 차 안을 향해 크게 외쳤다.

"아유, 아빠는 저질! 믿을 수 없어, 정말. 밖에서 그런 소리 하지 마!"

아무래도 오사나이는 지금 주차장에 들어온 차에 아소야가 타고 있는 것을 알아차리고 말을 걸려고 했던 모양이다. 뭐, 저렇게 즐거운 표정을 보면 찬물을 끼얹지 못하는 것도 이해는 간다. 아소야에게 다가가려다 급히 멈춘 오사나이는 살짝 앞으로 휘청거렸다.

안타깝게도 오사나이의 배려는 헛수고로 끝났다. 아소야가 펜스 근처에 서 있는 우리를 발견하고 만 것이다. 아소야는 순간 얼어붙은 것처럼 움직임을 멈추고 부루퉁한 표정을 지으려 했지만 제대로 되지 않아 결국 새빨간 얼굴로 고개를 돌렸다. 밴 안에서는 역시나 행복해 보이는 남자의 목소리가 들려왔다.

"얘, 히토미, 가방 가져가야지."

아소야의 이름은 히토미인 모양이다. 아소야는 벌건 얼굴로 밴에 올라타더니 그대로 나오지 않았다.

오사나이가 말했다.

"그냥 두는 게 나을지도."

동감이다.

……하지만 그러면 여기에서 달리 뭘 할 수 있을까? 나는 두 시간 넘게 초여름의 구름 낀 하늘 밑을 걸어, 확신했던 추리를 단 한마디로 기각당하고, 편의점에서 생수를 산 것 외에는 아무런 수확도 얻지 못했다. 사건을 해명하려면 헛수고도 각오해야 한다는 건 알지만 아무리 그래도 너무 무의미한 시간이었다.

나뿐만 아니라 오사나이도 오늘 검증에는 그 나름대로 기대하는 바가 있었는지 낙담한 기색을 감추지 못했다. 위로할 말도 없어서 나는 그저 이렇게 말했다.

"노트북 챙기러 학교로 돌아가야지."

"……응."

"걸어서 돌아가는 건 힘들 텐데, 이 부근에 버스 정류장이 있는지 혹시 알아?"

"알아."

그럼 길 안내를 부탁하자.

우리는 주차장을 뒤로하고 일반도로로 향했다. 주말 오후, 교통량이 그리 많은 시간대는 아닐 텐데 길에는 다양한 차량이 가득했다.

버스 정류장이 눈앞에 보인다. 버스 노선을 파악하고 있는 건 아니지만 대충 역 쪽으로 가는 버스를 타고 학교 근처에서 내리면 되겠지. 대형 트럭이 우리 바로 옆을 지나갔다. 처음에는 오사나이를 뒤따라가고 있었지만 어쩌다보니 내가 차도 쪽을 걷는 형태로 오사나이 옆을 나란히 걷게 되었다.

"아."

저도 모르게 소리를 냈다.

"왜 그래?"

오사나이가 물었다. 나는 그 어깨를 붙잡고 뒤흔들고 싶은 충동을 느꼈다.

"어째서…… 어째서 이렇게 간단한 걸 몰랐을까!"

"범인의 자동차가 어디로 갔는지 알았어?"

유감이지만 그렇지는 않다. 하지만.

"더 중요할지도 몰라."

오사나이의 눈이 살짝 벌어졌다. 지나가는 자동차가 시끄러워서 내 목소리도 자연히 커졌다.

"어째서 히사카가 그런 곳을…… 차도와 인도 경계를 따라 걷고 있었는지."

계속 마음에 걸렸다. 오늘 사고 현장에 갔을 때도 위화감은 있었다. 그런데 지금 이 순간까지 어째서 히사카가 그런 곳을 걷고 있었는지 합당한 생각이 떠오르지 않았다. 고작해야 휴대전화라도 보고 있었을 거라는 생각밖에 하지 않았다.

나는 지금까지 인도를 오사나이와 나란히 걸을 기회가 없었다. '오모테다나'에 갔을 때는 일정한 거리를 두고 오사나이의 뒤를 따라갔고, '나나쓰야마치 점'에 갔을 때는 자전거를 타고 있었다. 아까는 나란히 걸었지만 제방도로 측단 위였지 인도가 아니었다. 지금 오사나이와 인도를 나란히 걸어보고 깨달았다.

"히사카는 둘이서 걷고 있었던 거야. 히사카가 차도 쪽을 걸었어. 그래서 그렇게 인도 가장자리를 걷게 된 거야. 다시 말해 히사카에게는 '동행인'이 있었어!"

지금까지 내 머릿속에서 사건의 그림은 단순했다. 인도에는 후지데라, 오사나이, 히사카가 있고, 히사카가 차에 치였다. 지금 그 그림은 바뀌었다. 차에 치인 순간 히사카는 차도 쪽에 있었고, 그 옆에는 다른 누군가가 있었다.

오사나이는 "아아" 하고 한숨을 쉬더니 아주 잠깐 분하다는 듯 입술을 깨물었다.

"응."

그리고 몇 번을 생각해도 그런 결론이 나온다는 것을 마지못해 인정하듯 덧붙였다.

"그렇겠네. 난 어째서 지금까지 몰랐을까?"

"오사나이는 잠깐이지만 사고 현장을 봤지? 히사카 근처에 누군가 있었어?"

오사나이는 잠시 말없이 생각하다가 고개를 가로저었다.

"모르겠어. 쓰러진 히사카는 봤어. 하지만 그다음엔 달려오는 차를 피하느라 정신이 없어서."

"아마 차에 가려서 안 보였을 거야. 히사카밖에 못 봐서 무의식적으로 혼자였다고 생각했겠지."

오사나이는 잠시 고민하다가 신중하게 대답했다.

"그럴지도. ……다만 그 인도는 둘이서 걷는다고 차선 쪽으로 밀려날 만큼 좁지는 않았어."

확실히 우시오와 현장검증을 하러 갔을 때 인도는 둘이서 나란히 걸어도 불편하지 않을 만큼 넓었다.

버스가 왔지만 정류장에 기다리는 사람이 아무도 없어서인지 그대로 지나갔다. 오사나이는 고개를 갸웃거렸다.

"세 사람이었을까?"

가능성은 있다. 하지만 수수께끼의 동행인이 두 사람이나 있었을 가능성은 어쩐지 희박해 보였다.

좁고 어두운 길을 빠져나와 내 사고와 상상은 단숨에 활개를 폈다. 동행인이 한 명이었는데 히사카가 차도 쪽으로 크게 밀려났다면 그건 어떤 상황일까? 둘이서 걷는데, 그 두 사람 사이가 크게 떠 있다면?

그런 건 생각할 것도 없다!

"'동행인'은 자전거를 끌고 있었던 거야. 그래서 히사카는 그만큼 차도 쪽으로 밀려났고."

오사나이는 눈을 살짝 크게 뜨고 고개를 끄덕였다.

그 사고가 일어난 순간, 인도 위에 네 번째 사람이 있었다면 가장 중요한 문제는 명백했다.

"어째서 아무도 그런 말을 안 했을까?"

히사카는 누군가와 함께 걸어가고 있었다는 것, 겨우 그 정보를 어째서 나는 지금까지 알아내지 못했을까? 무슨 일이 벌어졌는지 추론과 사고로 알아내는 것은 결코 싫지도, 힘들지도 않다. 하지만 히사카나 후지데라가 "그때 한 사람 더 있었어"라고 말해주었다면 이렇게 먼 길을 돌아갈 필요도 없었다. 어째서 나는 추론으로만 사실에 도달할 수 있었는지, 거기에 큰 수수께끼가 있다.

오사나이가 나를 올려다보며 말했다.

"저…… 말하기 좀 그렇지만, 그건 이상하지 않아."

나는 오사나이를 뚫어져라 쳐다보았다. 오사나이는 그 시선을 피하듯 엉뚱한 방향으로 고개를 돌렸다. 지나가는 자동차 소리가 순간 멎은 것 같았다. 나는 물어보았다.

"어째서?"

"아까 측단에서 히사카와 후지데라에게 무슨 이야기를 들었는지 말해줬지? 그때 이상하다 싶었어."

말없이 뒷말을 재촉했다.

마음을 써주는 건지, 오사나이의 목소리가 작았다.

"그 애들, 고바토가 묻는 말에 다른 대답을 했어."

"어?"

"히사카한테 평소 그 길로 하교하는지 물었더니 자기가 차에 치인 게 그렇게 재미있냐고 했지. 결국 질문에는 대답해주지 않은 거야."

기억을 더듬었다. 기라 시민 병원 403호 병실에서, 히사카와 무슨 대화를 했는지.

그리고 나는 이렇게 생각하지 않을 수 없었다. ……사실이다. 분명 대답을 듣지 못했다.

"후지데라의 경우는 더 노골적이야. 히사카가 혼자 있었냐고 확인했더니 히사카와 후지데라 사이에 여학생이 있었다는 이야기를 했지. 히사카가 어째서 거기에 있었고, 누구와 무엇을 하고 있었는지, 고바토에게 말해주지 않은 거야."

현기증마저 느꼈다.

말도 안 돼. 그런…… 그런 일이 있을 리 없다. 내가…… 뺑소니 사건을 해결할 이 몸이, 피해자와 목격자에게 속은데다가 심지어 속은 줄도 모르고 있었다니!

간신히 말을 이었다.

"그건 이상해. 그 말대로라면 히사카와 후지데라가 입을 맞췄다는 뜻이 돼. 히사카와 후지데라는 우연히 같은 길을 걸었을 뿐인데."

"저기, 확인해봤어?"

……안 했다.

오사나이는 말하기 거북한 투로, 하지만 똑똑하게 말했다.

"하는 게 좋았을 거야. 고바토가 해준 얘기에서 후지데라는 자연스럽게 '히사카 선배'라고 불렀어."

상급생을 언급하는 것이니 선배라고 부르는 건 이상하지

않다. 하지만 듣고 보니 후지데라의 태도는 잘 모르는 3학년 생에 대해 이야기한다는 느낌이 희박했다.

"게다가 후지데라는 자기 앞을 걸어가는 사람이 히사카라는 걸 알고 있었어."

뒷모습만 보고 누군지 안다는 건, 아는 사이라는 뜻이다…….

부정할 길이 없었다. 너무 당연한 일이다.

"히사카와 후지데라는 같은 길을 앞뒤로 걷고 있었어. 그건 학교에서 나오는 타이밍이 같아서…… 그랬을지도. 더 자세히 말해보자면 같은 시간에 동아리가 끝났겠지."

오사나이가 무슨 말을 하고 싶은지 알겠다. 그날, 히사카는 동아리 연습을 마치고 돌아가는 길에 사고를 당한 게 아닐까?

"후지데라는 히사카의 동아리 후배일 가능성이 있어."

그리고 히사카는 그 선후배 관계를 이용해 자기가 누군가와 함께 걷고 있었다는 사실을 입막음했다. 그런 뜻일까?

"하지만 어째서 입막음을?"

오사나이가 고개를 저었다.

"모르겠어. 난 히사카에 대해서는 하나도 몰라. 아마 고바토도 히사카가 어떤 사람인지 모르겠지."

나는 그렇지 않다고 말하려 했다. 나는 히사카와 같은 반이고, 게다가, 게다가…….

같은 반일 뿐인가.

아까 제방도로 측단에서 히사카에 대해 이야기할 때, 어쩌면 오사나이는 조금 실망했을지도 모른다. 내가 히사카에 대해 할 수 있었던 이야기가 너무 적었으니까. 그렇다, 나는, 히사카 쇼타로가 어떤 사람인지 모른다.

히사카는 누구와 함께 걷고 있었을까? 어째서 그 사실을 숨기려는 걸까?

그리고 가장 중요한 문제는 그 '동행인'이 오사나이보다도, 후지데라보다도, 어쩌면 차에 치여 쓰러진 히사카보다도 범인의 자동차를 가까이서 보았을지도 모른다는 점이다. 범인의 얼굴까지 보았을 가능성이 높다.

나는 말했다.

"뺑소니범을 찾으려면 히사카를 이해할 필요가 있겠네."

나는 아마 웃고 있었을 것이다.

이번 사건은 단서는 있어도 범인을 몰아세우기는 어려웠다. 이 도시의 인구 40만 중에서 히사카를 친 단 한 사람을 찾아낼 방법이 과연 있을지, 확실한 가능성이 보이지 않았다. 하지만 지금, 사건의 양상이 바뀌었다.

단순한 피해자인 줄 알았던 히사카와 단순한 목격자인 줄 알았던 후지데라 사이에는 연결 고리가 있었다. 그리고 그들은 결탁하고, 공모해서, 어떤 사실을 숨기고 있다. 숨긴다는 것은 숨기고 싶은 무언가가 있다는 뜻이다. 풀어야 할 수수께끼가 지금 구체적인 모습을 갖추었다.

이 얼마나 멋진 일인가!

이제 풀기만 하면 된다!

새벽에 잠에서 깼다. 병실은 조용했다.

내가 무슨 기억을 떠올렸는지 생각나서 크게 숨을 들이마시자, 대번에 부러진 갈비뼈가 아파서 신음했다. 삼켜버린 숨을 조금씩 토해내고 간호사를 부를 정도의 통증은 아니라는 것을 확인한 뒤에 조금 웃었다. 언제쯤에야 이 다친 몸에 익숙해질까?

옛날에 도지마 겐고는 내게 너는 소시민이 아니라고 했다. 오사나이는 소시민이 되겠다는 내 말조차 거짓말이라고 했다. 그 꾸지람은 분명 옳다. 나는 쓸데없는 두뇌 놀음과 참견을 멈출 수 없고, 솔직히 진심으로 그만두고 싶다고 생각해본 적도 없다. 꿈이 속삭인 '죗값'이라는 말은 이 고약한 성격이 초래한 죗값을 뜻하는 게 아닐까?

더 솔직히 털어놓자면 나는 내가 자부하는 만큼 현명하지도 않다. 적어도 과거의 나는 그랬다. 침대 옆에는 내 어리석음을 기록한 공책이 있다. 그 공책조차 쳐다볼 수가 없어, 나는 엉뚱한 쪽으로 시선을 돌렸다.

히사카와 후지데라가 내게 제대로 대답해주지 않았다는 이야기를 들었을 때, 나는 내가 속았다는 사실을 알아채지 못했을 리 없다고 여겼다. 하지만 지금은 그럴 수도 있었겠다는 생각이 자연스레 든다. 당사자인 내가 알아차리지 못한 일을 제삼자인 오사나이가 알아차리는 건 딱히 이상한 일이 아니다.

……그보다 더 어리석은 점은 따로 있다.

히사카가 들키기 싫어하는 게 무엇인지 알아내면 모든 수수께끼를 풀 수 있다고 생각했다는 것이다. 나의(나는 내 책임이 무겁다고 생각하지만 공평하게 말한다면 나와 오사나이의) 조사는 내가 예감했던 대로 그날을 경계로 다른 국면을 맞이하게 되었다.

히사카는 지금 어디서 어떻게 지내고 있을까?

이 세상에 없다니, 전혀 실감이 나지 않는다. 두 번 다시 만날 일은 없어도 우리는 각자 계속 살아갈 줄 알았는데.

아니, 분명 그럴 것이다. 나는…… 나는 히사카에게 못된 짓을 했다. 하지만 그것은 히사카가 살아갈 희망을 끊을 정도로 못된 짓은 아니었다. 그럴 터였다.

그럴 터였다.

커튼 밑으로 새벽빛이 비쳐들었다. 나는 이 침대 위에서 나가지도 못하고, 금이 간 갈비뼈와 부러진 넓적다리가 아파서 고함을 지를 수도 없다.

의식을 다른 쪽으로 돌렸다. 오사나이는 어쩌고 있을까? 보아하니 방범 카메라를 조사한 모양이지만 그런 것보다 입시에 전념해주면 좋겠다. 그리고 한 번이라도 좋으니 직접 만나서 이야기를 할 수 있다면 더할 나위 없겠다. 메시지는 받았지만, 나는 아직 오사나이를 만나지 못했다. 언제나 내가 잠들어버린다.

단순히 타이밍이 맞지 않는 건지, 아니면 내가 감싼 것에 미안함을 느낀 오사나이가 매일 내가 잠든 틈을 노려 문병 선물을 두고 가는 건지는 모르겠지만, 역시 가능하다면 얼굴을 보고 싶다. 내가 떠민 탓에 다치지는 않았는지 본인 입으로 답을 듣고 싶다.

……오늘은 선물이 없었다. 테이블 위에는 변함없이 늑대 인형이 매서운 눈초리로 앉아 있다. 겐고가 가져온 과일바구니는 나 혼자서는 도저히 다 먹을 수가 없어 속옷을 가져다준

부모님에게 주었다.

어젯밤 오사나이는 오지 않은 모양이다. 연말도 다가오고 있으니 매일 선물을 두고 가는 것도 쉬운 일이 아니다. 그렇게 생각하면서도 크리스마스 아침에 믿지도 않는 산타클로스의 선물을 찾는 아이처럼 나는 베개 밑을 더듬었다.

손가락이 딱딱한 물체에 닿았다. 믿을 수가 없었다. 오늘도 어느 틈엔가 메시지 카드가 놓여 있었다. 대체 오사나이는 내 빈틈을 얼마나 오랫동안 살피고 있었던 걸까?

메시지는 짤막했다.

어째서 우리, 못 만나는 걸까?

마치 장거리 커플의 연애편지 같다.

물론 우리는 연애와 아무 상관이 없다. 어두운 병실에서 나는 오사나이의 질문을 몇 번이고 스스로에게 던졌다.

(하권에 계속)

김선영
한국외국어대학교 일본어과를 졸업했다. 다양한 매체에서 전문 번역가로 활동했으며 특히 일본 미스터리 문학에서 왕성한 활동을 하고 있다. 옮긴 책으로 요네자와 호노부의 '고전부' 시리즈 중 『이제 와서 날개라 해도』, '소시민' 시리즈, 『왕과 서커스』, 『야경』, 『흑뢰성』, 『가연물』, 아리스가와 아리스의 『쌍두의 악마』, 미나토 가나에의 『고백』, 그 밖에 『엠브리오 기담』, 『경관의 피』, 『살아 있는 시체의 죽음』, 『흑사관 살인사건』 등이 있다.

겨울철 한정 봉봉 쇼콜라 사건 (상)

초판 발행 2024년 12월 31일

지은이 요네자와 호노부 | **옮긴이** 김선영

책임편집 김유진 | **편집** 한나래 박을진 김혜정
디자인 표지 이혜경 | **본문** 엄자영 | **일러스트** 박경연
저작권 박지영 형소진 최은진 오서영
마케팅 정민호 서지화 한민아 이민경 왕지경 정유진 정경주 김수인 김혜원 김예진
브랜딩 함유지 함근아 박민재 김희숙 이송이 김하연 박다솔 조다현 배진성
제작 강신은 김동욱 이순호 | **제작처** 인쇄 한영문화사 제본 경일제책사

펴낸곳 (주)문학동네 | **펴낸이** 김소영
출판등록 1993년 10월 22일 제2003-000045호

주소 10881 경기도 파주시 회동길 210
문의 031-955-2637(편집) 031-955-2696(마케팅) 031-955-8855(팩스)
전자우편 elixir@munhak.com | **홈페이지** www.elmys.co.kr
인스타그램 @elixir_mystery | **X(트위터)** @elixir_mystery

ISBN 979-11-416-0151-5 04830
978-89-546-4025-1 (세트)

엘릭시르는 출판그룹 문학동네의 장르문학 브랜드입니다.